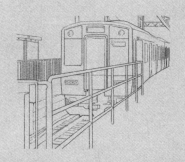

鹿过

丘楚原——著

中国大百科全书出版社　知识出版社

图书在版编目（CIP）数据

鹿过 / 丘楚原著 . -- 北京：知识出版社，2021.3
（致青春·中国青少年成长书系）
ISBN 978-7-5215-0322-7

I.①鹿… Ⅱ.①丘… Ⅲ.①长篇小说—中国—当代
Ⅳ.① I247.5

中国版本图书馆 CIP 数据核字（2021）第 027689 号

鹿 过 丘楚原 著

出 版 人	姜钦云
图书统筹	朱金叶
责任编辑	王云霞
责任印制	吴永星
美术编辑	张 婷
出版发行	知识出版社
地　　址	北京市西城区阜成门北大街 17 号
邮　　编	100037
网　　址	http://www.ecph.com.cn
电　　话	010-88390659
印　　刷	三河市人民印务有限公司
开　　本	660mm×930mm　1/16
字　　数	145 千字
印　　张	12.75
版　　次	2021 年 3 月第 1 版
印　　次	2025 年 1 月第 2 次印刷
书　　号	ISBN 978-7-5215-0322-7
定　　价	45.00 元

序

杨宏海

　　深圳这座举世瞩目的城市，以她的年轻而受人称道。有一点可以顺便提及，她还是一座盛产少年作家的城市。自 1996 年中学生郁秀创作长篇小说《花季雨季》以来，妞妞、张悉尼、袁博、赵荔、黄子真……，一个个少年作家纷纷亮相，成为一道亮丽的风景。近日，捧读丘楚原的长篇书稿《鹿过》，一股清风扑面而来，让我感到又一位文坛新秀脱颖而出。

　　楚原出生于深圳，其父母是广东客家人，改革开放后来到深圳创业，因而楚原自幼就随父母在原乡与第二故乡深圳生活。她从小就受着改革开放热土熏陶，在深圳校园中被种下人文精神的种子。当年她在红岭中学读书时，便是学校文学社的社长与校刊主编，还喜欢文艺表演，很早就展示出个人的才艺和写作潜质。如今，她留学英国皇家中央演讲与戏剧学院攻读硕士。正是这样一位典型的"深二代"，创作出这部长篇小说。

　　此书题为《鹿过》，直接意思为谐音"路过"，离开"属于自己"的地方，从很多"不属于自己"

的地方路过，去寻找那个未知的"属于"。间接的意思，是源自一首关于小城镇"鹿港"的歌曲《小城故事》，这首歌表达了很多鹿港人对"最开始出发的地方"的思念。这个过程像一只小鹿闯入森林的黑暗中，从迷失、恐惧，到勇敢地奔跑，向着光的方向寻找。

这本书展现了新生代青年人的成长历程。陆晓是一个内心敏感但渴望被爱，不够勇敢但渴望勇敢，并且早智的女生。她与智慧、慈祥而后来身患阿尔茨海默病的外婆，是互为影子的两代人。作品试图通过互为影子的两条线，去探讨人的生存境遇与身份认知等问题。小说描绘了陆晓从八岁到二十岁左右的成长痕迹和心路历程，串起主人公与故乡三水镇，第二故乡鹿城，和英国利明顿小镇三个地方的印记，去层层深入地探讨人生的哲理与命题。

小说中，作者跟故乡有深厚的情感联结。从小在客家乡村中长大的玉淇，有着宝贵的客家乡村生活经历，开篇就尝试展现南方县城的古朴魅力，对三水镇的生活细节娓娓道来，可谓活色生香。

比如在街头巷尾偷听邻里间的八卦，在后山的草坡上埋烤番薯，骑单车过溪流上的平桥，穿小巷去吃一碗牛腩板汤，在县城广场上看老阿公下象棋、阿嬷们扇扇子拉家常。年轻人骑着摩托车在小巷子里兜风，公职人员悠闲地从早到晚泡茶聊天，菜市里靠"近亲关系"便可选到一块鲜美的猪腩肉……，小镇的风土人情生动鲜活，环境氛围真实而唯美，展现了客家乡村生活富有诗意的画卷，也体现出作品中深远的文化之根。这似乎在告诉人们，人不论走多远，故乡都是永远打在心底的烙印，并且是联结内化成精神的力量。

作者善于刻画人物的细节，而这有赖于她受到过戏剧训练，她的人文与专业的背景，帮助她更好地理解人、人与人之间的关系、人与社会之间的关系。在本书主角陆晓身上，我们能看到她敏锐的观察力，无论是与最亲近的外公、外婆和表哥，还是离异的父母、关爱她的沐艺姐，还有在英国学校认识的华裔女孩陆橙，以及被她称为"蓝颜知己"的陆桔等等，她都能真心相处，随时唤醒众人的同理心，在不同的人物关系之间行走，在泥泞中开出花朵来，就像外婆在床头给陆晓讲的故事，那只小鹿奔跑过森林时，沿路的花朵就逐渐开了起来。这种感觉就像读她的小说，每读完一章节，一朵花又种在了这片森林里，慢慢地，你读完了，你也发现你更好地理解了自己的成长，和过去的自己和解，和现在的自己言和，和未来的自己相见。

作者善于抓住读者的好奇心，在每个章节里、章节与章节之间的篇幅和节奏上，都把握得恰到好处，尤其是刻画陆晓与其他角色之间那种若即若离的分寸感，掌握得很到位。她若隐若现地把控着一种撕裂感，好像有人揪着你的心脏，在适当的时候，抽动一下，让你心跳漏掉几拍，再给你安抚回去，好像读者与角色一同去探索人生的进程，你们一同奔跑，不知道在前方的森林里会遇到什么。

有人说，你对世界的认识有多深刻，你所描写的世界就有多深刻。小说家如何反映我们的时代，这有赖于作家对社会、世界的观察与认识。楚原留学英国，游历欧洲，看到过形形色色的世界，这就帮助她理解更多元化的人间，由此也让她能以全球化的视角去审视人生与思考问题。如她提出关于阿尔茨海默病与关爱隔代老人的探讨，对独生子女与"深二代"移民乃至世界公民的思考，都是这个时代亟需面对的社会问题。对于小说虚拟维度之外的现实维度，她更愿意将现实世界凌驾于虚拟世界之上，用更远大的视角、更缜密的思考、更深刻的力度，带来拷问和映照。

《鹿过》是一个丰盈的故事，细腻地写出了少年青春成长过程中的不安与迷惘，执着与追求。其实每个人都是一只"鹿"，灵动、热烈，富有强大的生命力。作品启示人们，每一段生命都应积极经历，认真参与，这是对生命的期待，对每一段神奇生活的不辜负。

写好长篇小说，对作者的要求是要有"长篇胸怀"，心中饱含"长度、密度和难度"。而走进"鹿过"的世界，我看到一幅横跨多座城市的成长画卷，在眼前徐徐展开。可贵的是，作者像鲸鱼一样潜在深海里，冷静遨游，始终保持着静水深流、缜密思考的能力。在人物身上、对话之间、场景里外，不动声色地渗入环环相扣的剧情铺排。

应该说，楚原在小说创作路上，也是一场"鹿"过，她在观察世间的宽广与狭窄，热火与冷焰，磕碰与羁绊。她尝试在温度最低的地方点燃一个火把，在正义最少的地方按上一个喇叭，在文化意识最微弱的时刻唤醒一些沉睡了的乡愁，让鹿过不止是"路过"，让小说不止是小说。

我在与楚原交谈中，听她讲有关小说创作的哲思与隐喻，以及对小说创作的理解。她认为小说不仅仅是在讲故事，应该有比故事本身更重要的东西，这才是作为一个小说家该有的精神、气概、感悟和胸怀。我欣赏她对此精神高度的追求。但我同时认为，作为初入文坛的年轻作家，应该更多地深入生活，感悟提炼，扎扎实实地写好故事。为此，我期待她有更好的作品呈现。

历经40年的发展，深圳已经发生翻天覆地的变化。我们欣喜地看到，与这座城市共同生长的一代年轻人，学识有了长足进步，视野有了广阔拓展，他们在与外来文化的接触中有了更加开放兼容的心态，同时葆有家国情怀与做人的赤诚。他们没有忘记故乡的根与魂，这些仍是成长的底色，让他们在融入和接受西方教育后，最终还是回归东方文化。

丘楚原作为成长起来的新一代深圳人，是真正"面向世界、面向未来、面向现代化"的一代，是可以承担起振兴中华、"自立于世界民族之林"的一代，可以肯定地说，他们这一代人，必能勇挑重担，为深圳打造更加美好的明天。

（作者系深圳市文艺评论家协会名誉主席，原深圳市中学生文联名誉主席，深圳大学客座教授、研究员、硕士生导师）

目录 Contents

第一辑　在叁水镇

第二辑　在鹿城

第三辑　在英国利明顿小镇

第四辑　鹿过

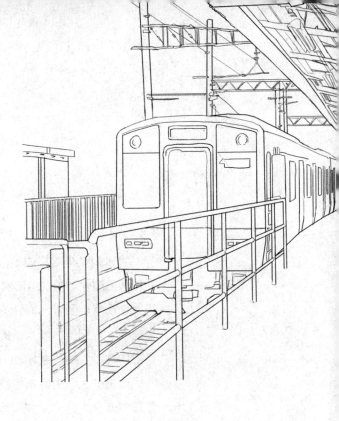

第一辑

在叁水镇

壹
叁水镇印象

　　叁水镇是坐落在中国南方的一个小镇，深入潮汕地区的腹地。被三山四水环绕着。"夏季长，秋季短。夏季高温多雨，冬季低温少雨"。只要抓着一个当地人，询问他，叁水镇的天气如何，十有八九都会跟你聊：今天是否下雨。

　　这里的人，生活都围绕着雨季而运转。在梅雨盛行的五月天，规律的雨季，如期而至。这里夏天是湿热的，是蟑螂起飞都能扇出异味的那种湿热。县城北山环绕着，少数不下雨的时候，天上的云，飘飘渺渺。登上一个山头，都可以俯瞰到被云笼罩的房屋顶。高高低低，依山而起。

　　叁水镇的风，自带令人牵挂又无法具体表达的乡愁。它夹杂着泥土的燥热、海水的微咸、茶叶的清香，一起吹进每一个和这个小镇有关的梦里。

　　这里的山大多是茶山，漫山的茶叶，在五月天的印衬下，格外葱绿。难得一见的生命力，接受着雨水的灌溉，也接纳水润的滋养，在朦胧的山雾里，蔓延着。

　　喝茶，是镇子上很大的一项休闲娱乐活动。因为地理优势，叁水镇被茶山包围，人们就近与茶为伍。喝茶不再只是一项简单的饭后休闲，而是伴随着家长里短的荒唐事，一起被一饮而尽的解药。甘涩中回味着男男女女的纠葛、邻里间的纷扰、前后巷的情谊。

这个镇子上隐藏了很多古迹，但很少有人关心历史文物。有那个闲工夫，都巴不得上三山大庙里多许几次愿。好求得来年风调雨顺，收成丰厚。这里的人，也没什么坏心眼，只是日子过得细碎了，小摩擦久了，也变成了勾心斗角。但也没有字面意思上这样残酷，顶多就是前后巷的恩恩怨怨，没有几杯茶解决不了的仇。

这里很少有人开四轮的小轿车。大多都骑单车，或者骑摩托车。因为想去的地方，和能到达的地方都不远，不需要动用到小轿车。骑摩托车的年轻人居多，一个帅哥载着一位美女，一起上街兜风，是如常发生的。

嗡嗡嗡地开过大路，有些后生仔，生怕早恋被家里人抓住，所以开得飞快。即使家里人没碰见个正着，小镇子就这样大，镇上的叔叔婶婶地也容易看见。一旦被发现，就羊入虎口，成为了全镇子的焦点，身处八卦中心。

当然，年轻人有年轻人的秘密去处，中年人有中年人的活法。各自自在。年轻人会开摩托车，到镇子中心的戏院去看电影。一人捧一盒，简陋的爆米花，就躲进黑暗的戏院中，卿卿我我，谁也看不见谁。一张票几块钱，成本也低，约会好去处。

而这两个阵地中间，隔着一个广场，虽然面积不大，但整个镇子的娱乐生活都能在这里找到踪迹了。午觉睡醒后，老阿公们都会带着热水壶，一瘸一拐地，拄着拐杖地，到广场上来，找老牌友。

他们打的点数不大，生怕村委会的人巡逻，抓到他们在赌小钱。所以赌筹越小，被抓着的几率也低。虽然是谬论，但如果说这样能让他们降低警惕心，更专注在棋艺上，那也不必深究。

因为成群地围在一起，只能蹲坐在小板凳上，好多老阿公的背都猫弯了。特别是遇到下象棋时，两手插在兜前，头一低，就是好几个小时。好多时候，高血压的老阿伯最容易犯病，一猛地站起来，常听见的救护车声就又在广场附近咦唔咦唔地响起来。

广场的另一边，是老阿婆们带着小孩在消磨午后时光。这里是个小游乐园。还没走近广场，那些一元摇摇车的音乐就响彻半边天。摇摇车，小火车，碰碰车，基本的娱乐设施，应有尽有。

老阿婆们手里拿个蒲扇，靠坐在长廊的大理石条椅上。她们仿佛都有几双眼睛，一边跟七姑讲着八大姨的儿子还没嫁出去，一边能看好自己的孙子孙女，以防他们摔跤、磕碰。即使磕碰，也能在最短时间内将他们扶起，拍拍他们屁股上的灰，又让他们自由地奔跑。

老阿婆身上也会随身带几个救命的硬币，除了投进摇摇车，能帮她们争取些时间讲完一个八卦之外，也可以给孩子们买买糖梨。这是叁水镇上独特的小吃，是孩子们的心头好。做法就是将梨子浸泡在酿制的水中，封存好，等时间足够长了，入味了，再推车出来售卖。一块钱一大个，够孩子们吃好久。这样就不吵不闹，一个悠闲的下午又过去了。

广场是被一圈镶在大理石墙壁间的铁栅栏给围起来的，这里囊括了陆晓看到过的人间百态。有老阿伯下棋时嗒嗒落子的声音，有年轻人将摩托轰轰地开到戏院门口，下车往戏院里赶的脚步声，也有孩子们乘坐的投币摇摇车，发出机械的儿歌声，更有三四点也推出门的小贩叫卖声。老阿婆们的八卦声当然是是整首歌的主旋律，此起彼伏地笑声，高高低低地秘谋，蝇营狗苟地勾当，瞻前顾后地隐藏。

叮铃铃，中年人都下班了。广场围墙外的单车铃声逐渐增多，老阿婆们是第一批打开听觉感官的人，她们会有秩序地结束这场

"会谈"。

而老阿伯们则不是，他们只会在被催的情况下，仓皇结束这一局。可以说，没有哪局棋，哪扑牌，是结束在称心合意上的。永远有缺憾，永远不满足。跟着赌徒的心态走，总是没有尽头的。

但阻止老阿伯们过度沉溺其中的，也是因为囊中羞涩，家里的财政大权也不在他们手上。如果自己有些退休金倒还好说，抠抠嗖嗖也能掏出一些小钱，以防万一。但这里的男人也都还很恋家，晚饭是一定要按时回家吃的传统，这么多年来，没有变过。

四五点钟，镇子上最热闹的当属菜市场。这里的菜市场像街市一样。一行排开，横跨好几条街。好像菜永远买不完，整个镇子都为一餐晚饭，操碎了心。可选择的品种都很多，顾客却来来回回都是那些个。街坊邻居的，一来二去，都混熟了。有时摊主也很难为情，不知道是该帮这个阿婆留块新鲜的猪腩肉，还是帮那位阿公留。

在叁水镇上买卖，都看交情，和商品的价值无关。要是摊主认识你的时间长，加上祖上可能又能攀上近亲关系，那多半能买到当天最新鲜的鱼肉。能买到满意食材的阿公阿婆，就早早地领着刚放学的孙子孙女，往家的方向走去。没买到的阿公阿婆，都暗暗许下决心，明天一定少下盘棋，或者少说一个八卦。

叁水镇的天空很低，特别是傍晚的时候，黄昏来临，带着粉红色的天空，要压在山腰上了。大自然元素之间的亲密关系，也造就了这片土地上，人们以家庭和睦为核心的传统观念。哪怕内里一团乱麻，展现给外人的也得是完美的一面。

但其实谁心里都清楚别人家的不堪，没有人不知道其他人屋里的秘密。但每个人又装着不知道，也很相信别人不知道他家的秘密。就在这样的较量中，结束了一天的劳作、谈天与荒谬。

关起门来，生火、炒菜、吃饭。关上门，把一天的秘密都转化成心事，随着饭前饭后的两碗热汤，给咽进肚子里。

晚上的广场，随着夜幕降临凉快下来，年轻人开始抱着篮球出没。毕竟叁水镇的夏天太热了，白天打球，是成心跟自己过不去。后生仔们都很识相，表面上说是把下午的时间让给老阿公们的棋牌娱乐，实际上就是担心自己出汗过度，导致中暑。到时在广场边上响起的救护车声音，不就是来载老阿公们的咯。

再者，考虑到老人们晚上睡觉时间也早，这些后生仔们，晚上打完篮球，还能帮衬帮衬隔壁的几个烧烤摊。说到这，就不难发现，夜生活也是在广场附近。这块不大的地方，承载了整个镇子多少代人的记忆。

这里的夜晚来得很早，人们午觉睡醒，搬张板凳，到榕树下，谈天八卦，夕阳将落，树影一斜，各自散去，归家洗澡。接着吃晚饭。大多数家庭都有看天气预报的习惯，这个环节对于外公外婆来说是非常必要的，他们需要知道第二天，给陆晓和表哥备什么衣服穿。老人操心的琐事都围绕着日常，离不开衣食住行，却也非常必要。

这个镇上，最准时的是一日三餐。其他时间，人们大都懒散地在树下乘凉，在田埂边上徘徊。就连校舍钟声也敲得不那么准时。有时候路过学校，指望着听钟声判断点数，也会差个三五分钟。但这里的人对这不明显的时间差，一点也不担心，他们好像还过着古代人的生活习惯和节奏，任何事情都看天气，感受风的来向，即使在现代科技发展迅速的当下。

他们保持着一种繁体字般的生活态度，固执中带着古朴。没有人想要打破这种不成文的规矩，镇子上的人就像一个隐形钟表上的过客。闲云野鹤谈不上，但不在乎的东西都一样。

陆晓住在叁水镇上，平时父母工作忙，随着外公外婆住。和陆晓一起长大的表哥也一样，陆晓的大舅大舅妈的工作只会比陆晓父母更忙碌。于是寄住在外公外婆家，是镇上很普遍的家庭现象：老人带着小孩住，成年人都忙于工作。这里的人口基数不大，大部分青壮年都去了鹿城打工。不知道的人，还以为这个镇子上只有老人和小孩呢。

不知道怎么千禧年前后，在青禾四巷出生的孩子很少，陆晓算是特殊的一个。所以当陆晓长大到懂事的年纪，才发现，身边没有同龄的玩伴，几乎都是比她大上四五岁的哥哥或姐姐。从小就无师自通地，成为了一个跟屁虫的滋味，外人是体会不到的。

在表哥没有上小学前，他会跟陆晓一起玩。当他上了小学之后，就变坏了，老是想方设法甩开粘人的陆晓。表哥心里觉得陆晓幼稚，没有上小学的孩子，都被小学生看成是低幼儿童。

而上了小学的人，特别是男生都是一个个小霸王，他们仿佛就是这个世界的主宰。陆晓起初不明白，为什么哥哥们都跑得那么快，她好几次都追不上，跟丢了大队伍，一个人在巷子里哭泣。

最印象深刻的一天，便是在土地里焖番薯那天。陆晓跟在表哥后面，噔噔噔地上山去。也不算很高的山坡，但不容易被发现，因为藏在一片不显眼的住宅区后坡上。

男生们总能找到这种神秘的地方，谋划些不那么安分的事情。比如，今天他们的小算盘打在了这些松动的泥土和那筐番薯上。表哥身后背了一个小箩筐，里面有几根不算饱满、长相丑陋的番薯。他背过身去，要同伴把番薯拿出来，准备进行一项大工程。几个哥哥合作，翻土的翻土，刨地的刨地，看守的看守……这种分工的架势好像他们很有经验似的。

陆晓是头一回经历，感觉好像大冒险。她时不时会发出疑问的声音，被哥哥用手捂住嘴巴，大概是男孩子都不爱干净，他们自己的脸弄得跟个小花猫似的，也把陆晓的脸弄的不成样子。白白净净的女孩子，被这几个哥哥给捣鼓成了番薯皮土黄色。

打打闹闹时，时间很快过去，不过一会儿，埋着番薯的这块地开始冒烟了，一丝丝的小青烟，看起来也奢侈极了。后来，陆晓搞懂了，冒青丝，说明土下面开始加热了。随着青烟越来越大，哥哥们开始翻土，陆晓第一次看到乌烟瘴气是什么概念，烟熏得她流眼泪。

表哥照顾陆晓，要她往后站一些，陆晓退后了几步，但还是斗不过好奇心的驱使，她又探着头、探着头挪到了前面。就这样她的脸也和表哥一样，被土和烟弄得更花了。他们也没有在意，很快就耙出几块番薯，凑成一堆，开始剥皮。烤番薯烫手的那个过程是最忘不掉的，又烫嘴，又想往嘴里送的感觉，就是心痒痒。陆晓看哥哥们都着急得跳脚，觉得有点好笑。这时表哥会把皮剥好了，掰开一小块送到陆晓的嘴边。所以陆晓嘴里甜甜的，心里也甜甜的。

那天回去两个人都被外婆打了屁股，也罚了站。

"你看你妈妈刚给你新买的衣服，又弄的脏兮兮的，没一件衣服是干净的！"外婆反拿着蒲扇，边挥动边呵斥着陆晓。时不时拉扯着她沾满了灰土的衣角。

"还有你！你这个做表哥的，怎么就不能带个好头？你大晓晓这么多，也不知道管管她……"外婆自然是更疼爱表哥多些。一是表哥在外婆面前时常都表现得更乖巧，而陆晓虽不大惹事，但小毛病不少，不算是太省心的孩子。二则因为表哥比陆晓先来到这个家，外婆对表哥的感情相对更深厚。陆晓心里有些小委屈，但她也没说。

"我叫她别跟的，她非要跟来，跑得还挺快……"表哥是个实诚的人，一不小心说出了实情。陆晓有时候觉得他死板。即使事情是如他所说，但并不非要一五一十地告诉外婆，能偏袒妹妹的时候也适当偏袒偏袒。他的直率常常会伤害到别人，可他却没意识到。

陆晓"哇"的一声哭了出来，她的委屈其实早就在眼珠里打转了。表哥的这句辩解，直接捅破了她的最后一道防线。

外婆见状，有些不知所措。觉得自己说重了，想上前去安慰陆晓。但转念又想：得让孩子吃吃教训，不然不长记性。于是踏上前的一步，又退了回去。

表哥更是惊慌失措，该是头一回看到陆晓哭得动静如此大。本来文文静静的小姑娘，得是受了多大委屈，才能哭成这样，表哥心想，也不敢表露出来。但担心全写在脸上。

陆晓没抬头，只顾着哭。她能嗅到外婆和表哥的尴尬，他们好像僵住了，谁也不敢先开口说话。

"我不是……我没有……我就是不想一个人玩……"陆晓哭得稀里哗啦，喘的上气不接下气。终于在断断续续的喘息声中说出了缘由。

"外婆知道，外婆知道，晓晓。先别哭了，外婆也是担心你这么跟着哥哥们跑，万一受伤了，我该怎么跟你爸妈交代呀。而且啊，你看这是妈妈新买给你的衣服，你就弄脏了，要是妈妈看见了，该有多难过啊。"外婆循循引导着陆晓，想先让她平复下心情来。外婆虽然年纪大，受的教育也不多，但教育儿女还是有自己的一套方法。

外婆是位有智慧的女人，做起事情来雷厉风行，且懂得思考的层次。讲话也总是一套一套的，很受人尊敬。年轻时，是村里的妇女联合会主席，也是街坊邻居公认的"女强人"。他们也总说，要是让外婆多读几年书，她恐怕得是个大人物咯。

外婆总是听着旁人的谄媚，不会表露什么，但陆晓心里明白，外婆也心有不甘。只是那个年代，农村条件都不好，没有哪家哪户供得起孩子上学读书的。即使有，也读不了几年，为了生计，还是要退学。总之，外婆的智慧都像是与生俱来，或者在琐碎的生活中磨练出来的。这一点，让陆晓很是信服。

"对啊，你也不体谅一下外婆，她洗你的衣服也很难洗的！"表哥又补了一句，在他觉得适当的时候。他觉得是在顺着外婆的话茬接的，可却判断错误。他不知道，陆晓也不是针对他和外婆谁说了什么，而是生气于表哥没有站在她那边。

"对，就你的衣服好洗，我的衣服都脏！"不补充就算了，这一补充，陆晓哭得更厉害了。她气冲冲地回复道，表哥也是措手不及，他原先不知道陆晓的脾气这样大。他也不知道为什么自己得受这么大的气，别过身子去，索性不理陆晓了。

外婆试图劝说表哥和陆晓，左右为难。看着两人互相赌气，谁也不理谁。外婆看情况不对，打电话给大舅妈，叫她下班来接表哥回家去吃晚饭，避免制造一场"世纪大战"。同在一个屋檐下，兄妹俩拌嘴吵架的事常有，外婆应付起来也得心应手。

这晚的晚饭显得格外冷清。陆晓还没从被冤枉的委屈中走出来，外婆也不敢再训斥陆晓。外公则保持着一贯的沉默，维持着睿智的神秘形象。只是笑眯眯，慈祥地看着气鼓鼓的陆晓。

没有了表哥在场的晚饭，也没有人和陆晓抢，外婆做香菇焖排骨和豆豉鱼了。外婆外公将好吃的排骨和嫩鱼，都夹到了陆晓的碗里，陆晓第一次觉得碗里的饭菜是个无底洞，怎么吃也吃不完。

贰
初见沐艺姐

    八岁这天的生日，妈妈给陆晓买了一个 mp3 播放器（以下简称 mp3）当生日礼物。本来不带陆晓玩的那群哥哥姐姐们，忽然一下都围着她转。他们都想分享耳机的另一半，而且一听，便是好久不摘下来。从拿到这个 mp3 后的蛮长一段时间，陆晓都一度以为听 mp3 的感觉就是一只耳朵听到的感觉。她很少感受到两只耳机一起戴着的立体听觉。

    再后来，哥哥姐姐们，也陆陆续续有了 mp3，或者说这个新鲜的东西对他们来说的吸引力不大了之后，陆晓又再次"失去"了这些朋友。不过她也习惯了独处，现在不会比以前更坏。至少有 mp3 的陪伴，这就像是打开了另一个世界的大门，在这个世界里有音乐，有美好，有所有可以放心寄托的喜怒哀乐。

    沐艺姐是青禾五巷一户人家的女孩，她比陆晓大十三岁。陆晓认识沐艺姐时她刚从鹿城读完技校回来，那时候她就穿着一袭碎花长裙，很飘逸的长发披在身后，让陆晓很是羡慕。因为外婆老是用一根雪糕骗她去巷口的王师傅那里剪短头发，雪糕吃着吃着，还没吃完，头发就已经被剪短了。而且这种事情每个月都会发生一次，导致陆晓都快读到小学了，还没有留过长头发。

有一天下午，一群巷子前后的小屁孩在追逐打闹。沐艺姐骑单车经过，看到在一群小朋友很远的身后，还有一个个子很矮的女生追着前面的大部队。眼看就要追不上了，她露出了着急的神色。扑通一声，整好摔在沐艺姐准备停放单车的位置上。沐艺姐姐急忙从单车上下来，停好车，跑到陆晓身边来，扶她起来。但陆晓也是怪坚强的，她膝盖破皮了，流着血，却没有怎么哭。虽然伤口不大，但一般的小孩子都会哇哇地哭出声来，好让周围的一切都注意到她。生怕有人不知道她摔跤了似的。而陆晓因为生疼掉了几滴泪珠子，用手肘抹了抹脸蛋，就没有再止不住地流泪了。

"疼不疼？"沐艺姐替她拍了拍衣服上的灰问到。

"不疼。"陆晓很小声地回答道。

"你真棒，真勇敢！"沐艺姐对着陆晓露出了花一样的笑容，面容姣好的她笑起来的时候很温柔，陆晓被这种温柔感染着。

沐艺姐边夸赞她，边对着她竖起了大拇指。陆晓很开心。沐艺姐接着说道"来，我们别在门口站着了，小妹妹，这就是我家。你到我家里来，我帮你擦一些碘酒，清洗清洗伤口好不好呀？"沐艺姐细细的声线也和她的面容一样温柔，她很有耐心地，一字一句地对陆晓说。

"唔……大姐姐……我外婆告诉我不能随便跟陌生人走，我还是不去了。我家就在前面，我可以回家去的……"别看陆晓是个小孩子，她说起话来还是很有自己的逻辑，很明白自己的在说什么。

沐艺姐一听到陆晓说，她就住在前面的巷子里，她就知道陆晓是哪一户人家的孩子了，"你是真伯伯家里的小外孙女吧？你是……晓晓？"

陆晓很吃惊地看着这位从来没有见过面的大姐姐竟然叫出了她外公和她的名字，"姐姐，你怎么知道我的名字的呀？"

"你的外公外婆很疼爱你啊，在这片巷子里那可是出了名的小宠儿。听说你也很乖巧，很讨人喜欢。"沐艺姐摸了摸陆晓的头发，拨了拨挡在她眼前的刘海。

"嘻嘻……不过姐姐，我还是不能去你家，我外婆说不能麻烦别人……"陆晓是很记得大人跟她说的话，其实她也不知道是自己记忆力好，还是很记得大人说的话，总之，外婆外公对她的嘱咐，她都记得很清楚，并且会照做。

"真棒，晓晓，这样是对的。在外面是要小心，不能随便跟陌生人说话，不要接受陌生人对你的好。不过姐姐是邻居，算是真伯伯从小看着长大的了。没事，我来跟你外婆说一声。"正说着沐艺姐站了地来，走到陆晓家的背面窗户那敲了敲玻璃。

里面剁菜的声音停下了，窗子被推开，外婆的脸探了出来："诶，沐艺回来啦！还是这么漂亮！"外婆探出头的那一下是疑惑的，大概也是不知道谁敲了家里的窗，但一认出是熟人，马上热络地打起招呼来。

"是啊，娟姨婆。前天回来的，这几天都在忙着工作的事情。想要快点入职嘛，就没来得及过来跟你们打个招呼……"

"哎呦，没事没事，回来就好了，哪那么客气。我们这前后门的，低头不见抬头见，你工作的事情要紧，忙完了上我家来吃饭，姨婆给你做顿好的！"陆晓外婆是个极其热情的人，她还没等沐艺姐结束她的那句话，就热情地打断了人家。

不过好在沐艺姐是知道外婆这个性格的，就立马能接上"好的呀娟姨婆，我今天晚上就来！不过是这样哦，我刚刚骑车回来时，太鲁莽了，不太注意，晓晓可能是为了避让我，就急了些，摔倒了。这不，两个膝盖都擦破了点皮，我想说带她回我家，我给她清洗清洗伤口，擦点碘酒什么的……"

说到这里，好多个气口陆晓外婆都想插进去了，整好看到沐艺姐快要停顿的意思，马上接了进去。"啧啧，这个孩子，怎么这么不小心！"

沐艺姐是知道陆晓外婆，要是知道陆晓是因为追赶前面的哥哥姐姐们而摔跤的，肯定是会骂她的，沐艺姐为了保护陆晓，便替她撒了个善意的谎言。

外婆同意陆晓到沐艺姐家里去清洗伤口，涂抹药膏。但在她准备膏药的时候，陆晓捂着自己的裤带。眼珠子转了转，低着头，好像有心事。这一刻被沐艺姐发现了。

沐艺姐拿着药，走到陆晓身边，蹲下身来，问她是不是裤子磨破了，要不要检查下。陆晓则怯怯地从兜里拿出来她的mp3，"姐姐，你能帮我看看这个mp3，我不知道有没有摔坏，这是妈妈买给我的礼物……"

"没问题，我一会帮你看，我们先上药。"沐艺姐才知道，原来晓晓一直在担心，揣在兜里的mp3被这一摔给摔坏了。

"那你能不能帮我看看，怎么能下载新的歌曲么？这里面的歌我已经听了好久了，我妈妈平时工作忙，都没时间帮我看看……"沐艺姐看了看陆晓的mp3，再次点头说一会处理完伤口，就帮她下载。

沐艺姐给她的mp3里下载了一首歌，是莫文蔚演唱的《外面的世界》。"这首歌好好听噢。"陆晓一听到前奏时，就是这个感觉。

这个下午陆晓是在沐艺姐姐家里度过，瞬间也忘记了巷子里的永远赶不上的追逐，忘记了摔倒过，忘记了要按时回家吃晚饭。在旋律的交错间，叁水镇的夜降临了。好像一层轻纱罩住了月亮，朦朦胧胧地挂在天的那一边，算不上宁静的小镇上有了夜的回音。

叁
老虎外婆和小鹿的故事

芒种的夜，无风。出奇的闷热，确切来说也是湿热。

芒种的夜，少了星夜兼程，零星的几颗星星挂在屋檐的左上角，隔壁邻居家的鸡也在夏眠。

叁水镇的夜晚是很短的，人们早早吃完晚饭，看完天气预报就差不多要睡觉了。老人和小孩都是需要早睡的，而叁水镇的青壮年劳动力也少，所以晚饭过后的镇子也逐渐安静下来。

陆晓外婆洗完碗后，在厨房里打水。因为住的是五层的独栋楼房，入夜后也不方便上上下下，所以外婆每天都会提桶热水上楼。半夜醒来，可以用热水壶里的水解解夜渴。

她一手握着铁栏杆，一手提着红色的热水瓶，踉踉跄跄地上着台阶。几年前的一场大雨，给陆晓外婆的行动便造成了很大的不方便。过一条小路时，有个积水较深的水坑，外婆想一脚跨过去，谁知后腿一弯，前腿一滑，栽在水坑里，单膝跪地，"嘭"地一声。

在那之后，陆晓外婆的膝盖就留下了严重的后遗症。平日里平地走路倒是没问题，一需要上上下下的地方，就显得走路奇怪。从背后看上去，很辛苦。

外婆爬着楼梯，右手好像一个杠杆般支撑着。一步，一步，一步。楼梯间的灯也是暗暗悠悠那种，看不清每层台阶间的区别。有时候一不小心，容易踩空，或甚至拖鞋一打滑，还能滑落下来。这让陆晓也觉得每次爬楼梯都很危险。

外婆提着红色的水壶走进房间，陆晓在床上把玩着手电筒。

外婆掀开蚊帐，挂在一边的铁钩上，打开蚊帐里的小电风扇。风嗡嗡作响。

"不要玩了，要睡觉了。"外婆平和地说道，喘着一些小气，声音里是日渐年迈的痕迹。

"我就再玩多一会噢，好吗，外婆！"陆晓开始撒娇。她把玩着今天刚下载了《外面的世界》这首新歌曲的 mp3，仿佛也换了一个新设备。心里欢欣的不是新的歌曲，而是沐艺姐的出现。

外婆心想还有些睡前准备工作要做，干脆就让小孩子再玩多一会也无妨。外婆顺手拿起床边的铁杯，自己咕嘟咕嘟几大口后，给陆晓递进蚊帐里。外婆随后又在太阳穴的位置涂上清凉油，这也是陆晓记忆里外婆睡衣的味道。长年累月地涂，整个房间也充斥着清凉油的味道了。

外婆随后顺着蚊帐掀开的缝隙坐进床里，把铁挂钩上的蚊帐取下来，放下。外婆很认真地修正蚊帐间的封口，尽量不让蚊子有可乘之机。陆晓躺在外婆身边，把玩手电筒的同时哼着小曲，等待着如期的故事夜。外婆整理好蚊帐，拿起一把放在床头的蒲扇，开始扇凉。

"外婆外婆，今天讲什么故事噢。我不想听三只小猪的故事了。"陆晓在边重复地听着 mp3，边跟外婆说道。

"不听三只小猪啊……要不然今天外婆讲老虎外婆的故事吧。"外婆中间犹豫了一下，似乎是在思考，时间略久，但是陆晓没有察觉，只以为有新故事听，开心地收起了手电筒。

"那就是你这个外婆吗，嘻嘻嘻。"陆晓收完手电筒，频繁地点着头，对外婆说道。

"你再这样神神鬼鬼地，就不给你讲了。"外婆笑了笑，并没有回答陆晓的问题。

"陆晓不说话，不说话！"陆晓马上端正睡姿，"听故事咯！"时不时用余光瞄外婆的神情。

外婆拿起铁水杯，又喝了一口，放下，说道："那我开始讲了。"

陆晓眨眨眼，表示同意。

"从前有个老虎，她变成了一个老婆婆。她跑到村子里去找其他小动物。"

陆晓躲在被窝里听着。

"她在村子里看到一只小鹿，由于跑步追不上鹿哥哥鹿姐姐们，只好每天都在河边一个人玩耍。"外婆轻柔地抚摸着陆晓的额头，另一只手在扇扇子。

"它要是有个 MP3 就好了，这样就会有人跟她玩了。"陆晓有点难过地说道。

"小动物哪有 MP3 呀，傻孩子。"外婆笑了笑，抓了抓陆晓额头前的碎毛说道。

"那那，我把我的 MP3 跟她分享好不好，外婆。"停顿了一下，"我可以跟她一起听！"

外婆没有接话，只是看着她好奇的眼睛，又接着讲被陆晓打断的故事。

"有天晚上，趁小鹿熟睡，老虎把小鹿的外婆叼走，摇身一变成为了小鹿的外婆。"外婆还加了些拟声词。在讲故事方面，陆晓外婆一直是把能手，绘声绘色。

陆晓听了，自然觉得害怕，伸手抓了抓在小腿肚附近的小毛巾被。

"有一天，小鹿在外面和朋友们玩耍，小鹿听鹿哥哥和鹿姐姐在讨论村子里有老虎，而且会变成人的消息。这个老虎特别喜欢变成孤独又胆小的孩子的外婆。"外婆补充道。

"我不要！"陆晓把毛巾被蒙在脸上，拼命摇着头。

"别急，孩子。"外婆试着让陆晓听完这个故事，带着她进入故事的佳境，于是陆晓先听着故事，没有说话，只是有些许害怕的神情，外婆也能领会。

"不过啊，从小伙伴小熊那里，小鹿听到了这样一种方法，可以分辨自己的外婆是不是老虎外婆。"外婆看了看陆晓。

"好耶，什么方法喔，外婆！"陆晓突然从刚刚的害怕又稍有沉寂的情绪中跳了出来，仿佛感觉到故事的希望。

外婆继续扇着蒲扇，说道："如果鹿外婆是老虎变来的，下巴左侧有一颗痣的，这个痣就是标志了。"

陆晓急切地接着说，"那小鹿应该快点看看。"

外婆慈祥地笑着，手还是顺着陆晓的发稍抚摸着："那天晚上啊，小鹿就拿着手电筒照在了熟睡中的外婆脸上。"

陆晓表现出成倍的好奇，问："那她看到了吗？"

挂在蚊帐顶上的风扇摇摇曳曳，还有嘶嘶作响的声音。还有油灯，灭不了，也烧不尽的样子，混混黄黄的。外婆没有回答这个问题，摸着陆晓的脑袋，安抚她睡下，并告诉她时候不早了，后一半的故事会之后告诉她。

抚摸着、抚摸着，陆晓憨憨地睡去，小孩子睡着时会有呼呼的酣酊声，好像喝醉酒了的人在说着香甜的梦话，你很想靠近听清楚他们在嘀咕什么，但却不忍心打破那一圈笼罩在她身边的泡泡。好怕一靠近，这场梦就会破灭，一场被靠近而强制性醒来的梦，不会太顺心。

此时，巷子尾那家人的黄狗，又吠叫起来。蝉鸣嘶嘶。

芒种的夜，星星不会眨眼。

肆
青禾四巷里的世纪大战

　　第二天起身，陆晓早已忘了昨天晚上的故事还没有讲完，还有另一半的答案需要去追踪。但不具备探警潜质的陆晓，总是将一些事情抛在脑后，只对某些事情特别关心。比如刚刚参加完小学毕业考试的表哥，终于迎来了他的暑假。这意味着陆晓的夏天真正开始了。

　　在老夏天里，最精彩的当属是午觉睡醒后。因为同样要午睡的表哥刚起床，不会立马约着三两同学出门玩耍，于是就可以在家跟陆晓一起看电视。也包括争抢遥控器。他们坐在沙发的一左一右，看周星驰的电影。吹着电风扇，吃着夏天的大西瓜。

　　其实陆晓是不喜欢周星驰的，或者说也不是从一开始就喜欢的。但她这个人很能被人说服，哥哥虽然不擅长说花言巧语，但是哄妹妹这件事真的很拿手。

　　于是哄着哄着，从《唐伯虎点秋香》看到了《少林足球》，再到《九品芝麻官》，一部接着一部，看得没完没了。电视机里能选择的频道很少，叁水镇上的一个电视频道，一到午间过后总是会放这些"无厘头"电影，嘻嘻哈哈，放松愉悦的气氛，也是叁水镇给人的印象。

一部电影一个下午是看不完的，出门买菜的外婆，常常中途回到家，就会和表哥在前巷里打羽毛球。那时，电视台还没有回放功能，于是陆晓对电影故事的记忆，只有上半段。基本上没看过下半段。

外婆和表哥的羽毛球打得很好，陆晓总是学不会。她就趴在二楼的阳台上看他们两个的世纪大战，一来一去，很是有趣。

"诶，快接住！"陆晓在二楼阳台上边看边附和道。

"外婆快接呀，外婆，好厉害！"陆晓心里是偏心外婆的，大概还是因为陆晓内心里有些生表哥的气，因为他刚刚又和陆晓抢了电视遥控器。

这个年纪的男孩子，都觉得自己是个小大人了，不喜欢和陆晓看同一个频道，觉得幼稚。于是陆晓老是和表哥起争执，也不是真刀真枪的吵架，而是兄妹间特有的那种矛盾，根本不需要大人去调和，大致三五分钟后，也就自然化解了。

"耶，表哥，输咯！"陆晓朝着楼下捡球的表哥做了个鬼脸。

表哥捡完球，发球，用力过猛，把球打到了二楼阳台的栏杆上，卡住了。整好陆晓就在阳台上吃着碗粑（糍粑一类的米制饼），看热闹。

"把球扔下来！"表哥喊道，有些幸灾乐祸。

"我不要！"陆晓转了个身，自顾自地玩起了头发。

"你快点！"表哥催促道。

"我就不！"陆晓也不害怕，也不让步，和表哥杠起来。

"行了行了，你们兄妹俩真是。晓，赶紧把球扔下来，我和你哥打完这轮就该给你洗澡了。"外婆看情形又是要吵起来了，马上补充了一句道。

"那我才不要这么早洗澡呢！才几点啊外婆！"陆晓扭扭捏捏地掰着碗粑说道。

"什么几点，也不早了，赶紧洗完我还要做饭呢！"外婆唠叨道。

表哥估计也等得不耐烦了，插话道："你把球扔下来，一会我们打完了，你去洗澡。洗完澡，我陪你看《小头儿子大头爸爸》好不好？"陆晓第一次觉得表哥如此温柔。大概也不是第一次表现出来，表哥其实一直都是个性情温柔之人，只是在陆晓懂事之后，很难看到他这样表露出来。陆晓则兴冲冲地伸手去捡那个卡在两个栏杆间的羽毛球。因为球在上面停留了小一会，留下了些绿色的漆皮。粘在羽毛球上的青葱色，一点点地见证过这些灿烂的下午。

外婆的体力很好，手脚也很麻利，甚至比陆晓这个小孩子都灵活。陆晓趴在二楼的阳台上吃着碗粄，看他们的世纪大战。外婆和表哥打羽毛球的下午，陆晓从来都不担心那个下午会很快结束。因为他们打着羽毛球的世界大战，总能持续很久。

一旦打起羽毛球来，很多瞬间就变得轻盈。比如昨晚那个老虎外婆的故事，不是第一次听，但是陆晓总是还没听到精彩时刻就会睡着。第二天打起羽毛球来，就什么都忘记了。眼前只有此刻。

打完羽毛球之后，外婆就安排表哥写作业。为了不打扰到表哥，陆晓洗完澡，会先和外公到宝塔边上去看水田上的牛，再回家和写完作业的表哥一起看会电视，等待晚饭。

外公从外面打乒乓球回到家，不知道为什么，总是很准时地知道外婆什么时候会打完羽毛球，陆晓那时候不知道这是外公外婆之间约定好的时间，只觉得他们有一种说不出的默契。这就好像是一种魔法，只存在他们两个之间。他们平时也不怎么沟通，很少对话，但却能清楚知道对方想做什么、要做什么、会做什么，这是一件很神奇的事情。至少对于几岁的小孩来说。

"真叔又赶着回来带外孙女出去玩啊！"陆晓外公单车骑过前巷子口的小卖部，里面的王姨在对着台式电视看着下午三点就连播的电视剧，听到丁零零地单车铃声，探出头来喊道。

"真叔好！"手里拎满了塑料袋，像是刚从后面的菜市场买菜回来的喜姨也路过，笑嘻嘻地打着招呼。

"真叔，打球回来啦！"隔壁的老李头在门口刷着上周被摩托蹭掉下来的漆，边刷边问候道。

有礼貌的表面和气是叁水镇平凡的魅力。陆晓外公也是笑笑的样子，虽不大爱说话，但待人和善，所以邻里间的关系也处得不错。

他把单车停在家门口的铁栏杆前，每次停在那个位置总会蹭掉一点点刷好的绿漆。陆晓外婆就会骂骂咧咧地嫌弃上两句，吵吵闹闹在这里倒也是家常的乐趣。

外婆把洗好澡地陆晓擦擦干净，主要是不要湿着头发送到外头去，怕着了凉，小孩子感冒是一件很大的事情。一感冒起来，老人们会手忙脚乱，没个停歇。于是外婆拿着一条干毛巾，把陆晓的头顺过来，捋过去地擦拭了好多遍，擦到毛茸茸地细发都快竖立起来为止。陆晓外公就站在旁边等，也不抱怨，笑眯眯地看着眼前习以为常的画面。

"好了，去吧。"陆晓外婆甩了甩手上的毛巾，擦了擦袖口，利落地摆摆小臂说道。

外公便把打好水的铁水壶，放在了陆晓座位的前侧篮筐里，"走咯！"左脚踩上脚踏，右脚在后面滑动几步，顺势跨上了单车的骑座。几小步的距离完成了启程，踏上去水田边上看老牛和宝塔的路。

伍
外公重操旧业

　　这一两年，外公骑着单车载着陆晓去宝塔边上看牛的时间渐渐减少了。主要是因为外公在两年前因为中耳炎，在医院动了手术之后，身体没有以前那么硬朗了。陆晓外公虽精瘦，但经常打兵乓球的他，身子骨还是笔挺的。他打起球来，一点也不像七十来岁的样子。

　　手术过后，陆晓外公除了听力直线下降之外，他也变得不怎么说话了。本来就不爱说话的外公，变得更沉默，时常自己待在二楼的房间里，一待就是一天。除了三餐出来吃饭之外，大部分时间都很神秘。

　　这样的外公的确变得陌生起来。陆晓猜测外公是没有办法接受自己不再强壮这件事情，击垮外公的不是他的疾病，而是现实的残酷。比如要面对被人照顾，被人服侍，以及逐渐失去的尊严。

　　陆晓的外公，是以前县城广播站的站长。现在看来可能是电视局局长。但外公从来不拿这个职位说事，总把自己定位成为人民服务的老好人。外公是个热心肠的人。

于是，陆晓打小看前街后巷的人都会来家里，叫外公去帮忙维修收音机、电视机、录音机等设备。咚咚咚，咚咚咚地敲门声随时都会在家中响起。也不知道为什么叁水镇的电视机，总是在下午的时候坏掉，要不就是大家吃完晚饭时，《新闻联播》播放的时候失去信号。

外公的房间在二楼，很难听到楼下的敲门声，陆晓耳朵也比外公好，所以在外婆出门买菜，外公在二楼时，陆晓就变成了一家之主，主要负责应付这些敲门声。准确来说，就是应付这些街坊邻里们。

陆晓也非常享受这个过程，她甚至总结出了自己的一套方法，能通过敲门声，辨认出今天又是哪家的电视机、收音机出了故障。虽然外公动了手术后，身体已经没以前那么好了，但该帮的忙，外公还是会帮。基本上对街坊是来者不拒。

"刘伯伯来啦！"坐在沙发上看书的陆晓，听见敲门声，立马跑下沙发，去开门。

"是啊，你外公在不在家？"刘伯伯问道。

"在，在。我去给您叫。"陆晓人小鬼大，看到叔叔伯伯都很知道怎么回复他们。

外公也听到楼下的动静，已经打开了房间的木门。陆晓跑到楼梯口的时候，外公已经探着上半身准备下楼梯了。

"外公，刘伯伯找您！"陆晓对着楼顶外公房间的方向喊道。

"来了。"外公轻柔地回答道。

陆晓啪嗒啪嗒地又跑到大门口，转告刘伯伯，外公马上就来。外公跟着陆晓身后，走到家门口，跟老刘握着手。原是刘伯伯家的电视机又短路了，要找外公去帮忙看看。

外公走前，拿上她的工具箱，叮嘱陆晓自己在家要锁门。陆晓忙说："知道啦！"就开心地把大门给拉上了，冲着外公和刘伯伯的背影大喊了声："外公和刘伯伯再见！"挥挥小手，钻进房子里，接着读刚刚读到第六十二页的书。

刘伯伯拉着外公到巷口，刘伯伯是民政局的，但是他这个职位不这么吉利。他是负责办理离婚登记的，陆晓的父母刚刚去民政局办了离婚手续，正好是刘伯伯在负责。他赶着还没下班，过来告诉陆晓外公这个消息。

原来他今天上门，不是来找外公修任何电子设备，而是来通风报信的。陆晓外公是一个异常淡定的人，面不露喜怒哀乐，但这是第一次神色出现了慌乱。他作为父亲，一个大家之主，并不知道自己的女儿去办理离婚手续这件事情。

他知道女儿和女婿的感情不好，但也不至于到离婚的地步，甚至认为，为了晓晓也得三思。于是他在家门口转悠了半天，不知道如何告诉陆晓外婆，更别说陆晓了。

他在门口踱步。

陆
又见宝塔

"来，晓晓，今天天气好，外公带你去宝塔边上玩吧？"外公比往常都要早回家。虽然说外公的技术好，但是以往出去修电视机什么的，都也要四十来分钟。今天好像半个小时左右就回来了。但是陆晓对时间的概念也不强，就没想那么多。只是外公突然提出的这个建议让陆晓觉得疑惑。

"啊？——"她不解地回应着。目不转睛地叠着手里的第六个纸飞机。

"怎么啦，不想去啊？"外公走到陆晓的身后，温柔地看着她说。

"不是……不是……外公——"陆晓犹犹豫豫道。

外公知道她是犹豫的，也知道她的顾虑。只是不知道原来这么小的年纪，也顾虑重重，这更加深了外公对于告诉陆晓真相这件事情的防备。

"那怎么啦？"他接着演。

"怎么突然就带我去宝塔啦，都已经一两年没去咯。"陆晓把她想说的话说出来了，分了三次。

"今天——天气好嘛，外公也好久没到外面走走了，今天就算是你陪外公出去走走吧？"在外公心中陆晓应该还是三四岁的样子，对着陆晓讲话的语气，还是像对着上幼儿园的小孩子似的，哪怕她都上小学两年了。

"可以是可以，只是外公你能骑得动吗？你……"陆晓担心外公的身体吃不消了。外公老去的速度肉眼可见，陆晓的心疼都写在她犹豫里。

"那怎么不能，不骑不就更骑不动了！"外公的嘴硬显得可爱，他本身就是个和善的人，做事也不爱着急。今天是被突如其来的噩耗给震住了，有些失控，老人家的执着劲就显露些。

"……但是一会外婆又要说你了……"陆晓还是替外公担心，平时外婆老是说外公，大事小事都要管一通。当然，说外公本身是没陆晓什么事的，但陆晓一是心疼外公老是受闷气，二来也是因为同住在一个屋檐下，陆晓也害怕外婆的念叨。说多了耳朵也起茧。有时她佩服外公的耐心，他也不还嘴，也不发脾气，就静静地做自己的事情，好像说的那个人和他没关系。

"哎呦，不用管她，我们偷偷去，她不知道的。她那个人买菜慢吞吞，也不知道什么时候才能回来。"外公这"哎呦"一声，语气中听得出着急。他主要不是怕外婆回来，而是怕在民政局办理完手续的陆晓爸妈到家。这个谁也说不明白，不如先让小孩子在外避避风头。

"哈哈哈，可能我们从宝塔那边回来了，外婆还没回来呢！"陆晓被外公的神情和语言逗乐了。外公闹气了情绪起来，还是很可爱的。

就这样陆晓被外公"骗"去了。再次到宝塔边上看牛，两个在十一岁的这年。

不知道为什么，好像做这件事情和年龄没有关系，陆晓觉得水田和老黄牛还是很有意思，似乎外公也是这么想的。于是他们和之前的好几年一样，几乎不需要重温，更不需要复习，自然地骑过小巷，沿着水田，记忆就会像一辆火车，穿过幽暗的长隧道，穿出长夜漫漫的黑暗，到达孩童时的溪水边。

陆晓外公的单车铃声响起，丁零零，外公骑过小石子颗粒分明的石板路，看到田地里的浅水，老黄牛在吃杂草，带着草帽的赶牛人小跨步地踩在水田里，咕唧咕唧地响。远山和低空连在一起，偶尔地有蜻蜓低空飞过。外公总要说上一句："要落水咯。"

在南方这种雷声大雨点小的地方，雨也是阴晴不定的脾气。小时候的陆晓，刚被外公放进车前座，就开始嗷嗷大叫，有预感就要掉头回家，于是用哭啼声百般阻挠。

外公软下心来，抬头看了看艳阳高照的晴空，说："好吧好吧，我们不回家，再往前溜达溜达。"陆晓慢慢停下了哭啼声，小眼顺着小脸蛋飘散，经过的旁人以为小孩有了迎风泪，都怪心疼。

如今，这个围绕着陆晓童年的宝塔，已荒废了好多年。因为怕小孩子跑上去，叁水镇的老人都骗孩子们这个塔里是住着乞丐，专门偷小孩子的。于是外公只带着陆晓围着宝塔转。宝塔边上有颗大榕树，榕树下时常有老人围坐在一堆，打牌、谈天、说笑，打发一个下午的时间。

宝塔的正前面也有所小学，破破旧旧，是为了给这附近的邻里好接送小孩，才继续办学的小学堂，惨败破旧地掉着白墙的漆皮。是回南天前后脱落的。小学门口有一片菜田，有几户人家在耕种，老牛在里面游走着，释然地像一个地主。

陆晓很喜欢看老牛在田里走路，看着看着，远处的夕阳就渐渐落下了。绵绵地光染在半山腰间，衬得天和云都是橙红色的。四散的人们，骑着摩托车突突经过的青年小伙，牵着小孙子小手的老大爷，背着小书包的小孙子，推着小木车、围着围裙的阿姨都赶在夕阳落尽前回到家中，共享夜晚的安静。

柒
一屋子人的冷静

陆晓和外公回到家，家里安静得出奇。这种安静是不寻常的，是能够被陆晓察觉的。爸爸的衣物本来就不多，所以陆晓能明显记得是哪几样。

何况他已经不在家里住好多年了，生活的痕迹也是越来越少。但他时不时会来探望陆晓，外婆还是留了他的几样物件，比如水杯。这几样物件，是分辨于他和外来客人的唯一区别。

她冲着妈妈喊道："爸爸的水杯呢？"妈妈明显的眼神闪烁让陆晓也看出了端倪，"妈妈？"她接着问。

陆晓妈妈张开了一下嘴巴，微张着停滞住，很显然有一个内在力量控制住了她。她不知道该不该说出来。

"妈妈！"陆晓讨厌被人忽略，于是她大声冲着妈妈的方向喊道。

"诶诶……妈妈听到了，听到了，宝贝……"妈妈立马收回了刚刚那个停留在嘴巴上的僵持。能够随便回复的无用之话，也是大人用来搪塞小孩的理由。

"我问你——爸爸的水杯呢？"这句话连在一起，让陆晓看起来像个叛逆的孩子。陆晓的妈妈知道，这是一定要面对的瞬间，她也没有再过多犹豫，走到了木沙发边上，向她招了招手，说"是这样，孩子，妈妈有些话想跟你说，你过来妈妈这边。"

　　陆晓小跑了过去，她没有直接坐下，而是看着妈妈的眼睛。看了好一会，两个人同时坐下。这个时刻来的很突然。

　　"说什么？"陆晓语气明显冷淡许多，又透着掩盖不住的着急。十一岁的年纪学会欲擒故纵，是一件需要天赋的事情。

　　这时，陆晓爸爸从厨房里走出来，身子挺的板直，却掩饰不住藏在心里的颤颤巍巍。他不敢直接和陆晓有眼神接触，轻手轻脚地，争取不被陆晓在第一秒钟的时候，就发现他的存在。

　　但他的计划失败了。陆晓还是第一眼就看到了自己的父亲。她很惶恐，像爸爸看到的那样。陆晓低头看到了握在他手上的水杯，给人以一种打包好行囊，就要上路的错觉。还没等陆晓反应过来这个错觉是什么，妈妈抢先一步，开口了。

　　"爸爸……和妈妈……可能……"陆晓妈妈明明之前也和陆晓有过类似的对话，在爸爸刚搬出这个家的时候。但这次她还不知道要如何开口。那时她骗陆晓，爸爸要出差，去一个比较远的地方，可能要比较久的一段时间才能回来。陆晓第一次觉得没什么，只是妈妈讲话时，没有和陆晓一样，表达出想念爸爸的意思，让她觉得困惑。久而久之，她发现爸爸在家的时间，已经少之又少，让她错以为这个家里只有她、妈妈、外公和外婆四个人。还有放学了才到家里来的表哥。

　　"我和爸爸离婚了。"看得出来，妈妈花了很大的力气才说出这句话。眼圈里打转的都是愧疚的泪珠。

　　"离婚？你们两个不是早就不在一起住了。"陆晓一知半解，她想爸爸妈妈会理解她的童言无忌的。

"离婚的意思就是在法律上永远分开的意思。不只是不在一起住。"爸爸抢先一步回答了陆晓的问题。他的语气很冷静，这跟陆晓认识的那个父亲不同。

在陆晓童年印象里，他们总是很激烈地争吵，无止尽地挑出对方的过错。哪怕微不足道，也会成为双方吵架时候的筹码。陆晓曾经经历过，也厌倦过大人的无理取闹，看来她现在也没有做好接受他们这样的准备。

陆晓沉默不语。

"晓晓……你能明白妈妈说的话吗？"陆晓妈妈紧接上去，她害怕这种沉默。其实，与其说，她害怕沉默，不如说她害怕事实掉在了地上。她害怕残酷将现实摔得稀烂，总想在它落地前挽救一下。但这次她也失败了。

"哦……不是很明白，试着明白。"陆晓异常冷静，她在思考。

"没关系孩子，你可以不用明白。但妈妈告诉你的意思，就是爸爸以后再也不会跟我们一起住了。"妈妈变得异常有耐心，她本来也是一个很有耐心的人，只是遇到特别的事情总是会走情绪极端。要么非常着急，要么非常冷静。今天她非常冷静。

这该是做了多久的思想准备啊，陆晓心想。陆晓继续保持着沉默，其实她也不知道能接什么话。陆晓下意识地望向爸爸那边，他低着头，看着手里的水杯，默不作声。沉默里满是对孩子的愧疚。

陆晓想要获得爸爸的关注，他感觉到了这炽热的目光，也回看过去，在第二次眼神交汇的地方，爸爸和陆晓都知道这一切都结束了。他走上前来拥抱陆晓，陆晓的头枕在父亲的左肩膀上，这是她很久以来没有过的举动。她又闻到了那熟悉的香烟味，闻着像生锈了的铁，但它好像粘在了爸爸的每件衣服上。

"还有就是，我们可能不会在叁水镇住了。妈妈有了新工作，也打算带你去别的地方看看，我们去城里，那里有更多好玩的地方，更好的小学教育。"陆晓妈妈打断着这难得的拥抱，继续她的善意谎言。她就是这样，即使内心血流成河，也不愿在不想认输的人面前低头。陆晓的倔强，都是从她那里学来的。

但爸爸妈妈都没完全了解自己的小孩，他们以为陆晓的冷静是真的，而不是像他们一样在克制。他们从来都没有完全读懂过陆晓的内心，于是她继续告诉陆晓，一些她没办法一时接受的事情，或说突如其来的改变。而且这个时间不是下周，下个月，下一年，而是明天。

明天。

"明天。"陆晓重复着这个令人措手不及的时间。

这时陆晓松开了搂抱住爸爸的小手，她直愣愣地看着妈妈，眼泪流了下来。她以为只是失去了爸爸，没想到要失去整个童年。整个童年，包括和外公外婆、表哥、沐艺姐等，在叁水镇上，青禾四巷里的所有回忆。

"是的，宝贝。我们明天就去。那边的房子已经准备好了。我们去了就有新房子住，这样好吗？"陆晓妈妈以为陆晓在乎住的地方，以为她嫌弃青禾四巷的这间房子里斑驳墙体，是因为她喜欢新的墙。其实不是。

完全是因为吃泡泡糖时，附送的那个贴纸没有办法贴在凹凸不平的墙面上，叁水镇在回南天前后，墙壁又潮湿。凹凸不平加上潮湿，两个对粘贴纸在墙壁上来说，最不利的条件都发生在这里，陆晓才会觉得旧房子里的墙壁不好，而不是旧房子不好。

当然大人永远不会理解小孩子的想法，他们只会按照自己的逻辑思考，即使他们听到了这个理由，也会觉得荒谬。所以陆晓也懒得说。

"我们为什么要去住新的房子？青禾四巷就很好，我不想走。"陆晓在他们对话开始的几分钟里，第一次表达了和妈妈不同的意见。这时的爸爸看着陆晓，面露难色，却也不难看出，他同意陆晓的观点。

"你说，是吧，爸爸？"陆晓顺势带上了爸爸做垫背，这样一来，还有些一家三口一起决策的模样。

"因为……妈妈有了新工作，去新的城市生活，那里也有更好的学校，你会有新的朋友。"妈妈显然不同意这种氛围，毕竟离婚证刚拿到手，还热乎着，估计心里那口堵了这么多年的气，才刚刚输出去，还没理顺，就来这一出，她是绝对不会同意的。于是她又把刚刚的话重复了一遍。

"我不要新的朋友，我也不要转学——"陆晓也强调着她小小的立场。但她还没有说完，话就被妈妈抢了过去。

"我知道，晓晓，这个改变有点让你一时半会难以接受，但是你也考虑考虑妈妈好吗，妈妈也不容易……"陆晓的妈妈开始打苦情牌，她开始哽咽，她的冷静要被打破了。

"晓晓，你听爸爸说两句。你去了鹿城，爸爸也会经常去看你的。你忘了爸爸就是从那里来的啊，也算是你的半个老家了。现在爸爸还留在叁水镇也是因为工作原因，一时半会走不开，不然我也好想回去呢。那里可比叁水镇有意思多了，小朋友也多，你想跟谁玩就跟谁玩，不好吗？"爸爸这时候出面了，他的劝说永远是如此冠冕堂皇，通常都是一些套话。陆晓不知道是不是所有人的爸爸都擅长的是这一套，反正她是受够了。

"我说了不要！为什么你们做任何决定的时候，不问问我的想法？问一下我有那么难吗？"陆晓的眼泪像决堤的洪水，一泻而下。和表哥吵架时都没有如此委屈过，想必躲在厨房和二楼房间里的外公外婆也都听到了，他们该有多心疼。陆晓扯着嗓子说出这些藏在心里很深的话。这确实把爸爸妈妈给吓到了，他们不知道一个小孩，能说出如此深刻的话语，并且他们不知道如何反驳。

"晓晓，你别哭，你听爸爸说……"爸爸一边走到柜橱那拿抽纸，一边绞尽脑汁想如何安慰自己女儿。内心的紧张断断续续地都写在脸上，即使背对过去，也能听得出来。

"我不听！你们从来都没跟我说过一句实话，明明早就离婚了，现在还假装才离的样子，你们以为我看不出来吗？"陆晓的话语像锋利的刀口，一刀一刀地划开旧日的伤口。里面溅出来的血，喷洒到了每个说过谎的人脸上。陆晓也没有完全的诚实，她明明知道这一切，却假装不知道；她明明讨厌死了生离死别，却假装可以天真烂漫到永远。

陆晓的眼睛眨巴眨巴的，看着妈妈的眼泪叭答叭答地落下来，她不知道这是妈妈第几次哭泣，反正当着她的面，这是第一次。她好像积累了太多的疼痛。她也害怕伤害到陆晓，她在克制，可是克制导致的决堤更加厉害。

陆晓其实早已经习惯了没有爸爸在身边的日子，爸爸偶尔在假期回来探望她。她不能接受的是马上要离开叁水镇这件事情，她脑子里想的都是外婆，外公，沐艺姐和表哥。她不知道外面的世界是怎么样的，一想到这里，她的不安全感就像刺猬的刺一样开始生长。

面对这疯长的刺猬刺，爸爸妈妈束手无策。陆晓妈妈红着眼，转向陆晓爸爸，暗示他赶紧离开这案发现场。也是，要是他待得更久，崩溃的可能不止他们母女俩，连爸爸也要卷入这场腥风血雨。反而，母女间的对话，可以很私密。

况且爸爸在场，妈妈总是不知道该如何开场或收场，毕竟他们的吵架永远是没来头，一时兴起，直抵战场。而面对孩子的争执，需要有冷静的智慧，这点妈妈似乎比爸爸更明白。于是爸爸接受到了这个信号，在下意识地点了点头后，背上那袋没装满的背包，又走向了陆晓。

"宝贝，你说的爸爸都明白，是爸爸妈妈的不对，我们该跟你说实话。我们以后再也不会这样了，好吗？你跟妈妈去鹿城，要开开心心的。爸爸一有休息日就去看你，好吗？别哭了。跟妈妈好好聊，爸爸还有些工作要处理，先回单位了。明天再来送你，好吗？别哭了，答应爸爸。"陆晓爸爸的安慰词啰啰嗦嗦，还是那些让人听不进去的套话。

陆晓一句话没听进去。她哭得声嘶力竭。妈妈在旁边用手抚摸着她的后背，轻轻拍打，怕她哭得厉害又噎住了。还是没止住她不停地咳嗽。

妈妈的另一只手在挥动，在示意陆晓爸爸赶紧离开。越逗留越失控。他抿了抿嘴，表示他知道了。"那宝贝，爸爸先走了啊，明天来送你，好吗？乖乖的……"他抱着陆晓的头，陆晓的眼泪和鼻涕都打湿了他的衬衫。他察觉不到。他用手用力地握住了陆晓的后脑勺，想必他的心也在滴血。

陆晓闷头在爸爸的肩膀上闷声地哭，像三四岁时，摔倒在地上那样。但这一哭，便时隔好几年。这个时刻持续了好一会，他的右肩膀又被陆晓妈妈拍了几下，意思是催促他离开。他看陆晓也没有要抬头的意思，就犹疑了几步，还是迈出了大门的槛。

他留下的一声叹息，是对这个家最后的留恋。

陆晓当然是知道爸爸离开了。她低着头不想看这最后一幕，可是余光骗不了人，特别是这个背着背包，手里握着水杯的背影，她这辈子都忘不了。

这段对话的全程，外婆和外公都没在场。明明同时到家的外公也不在客厅里，陆晓不知道她在和妈妈对视的那十几秒里，外公早已经躲进二楼房间里。外婆也在厨房里没有出来。没有人想闯入这个黑夜。

夜晚来得很快，就像这些突如其来的消息一样，没有人察觉到。这个镇子上的人，都在等待生活给予他们惊喜，所以营造出平时无所事事的错觉。在所有传说中的八卦同时来到的时候，他们又能安稳地依靠着这些谈资度过下一个月。

"妈妈……打算带你去……广场玩。"吃完晚饭后，陆晓的妈妈没有按照惯例，去帮外婆洗碗。她大概是想把晚饭前那个说到一半却被自己的哭泣给打断的话题了结，但陆晓不觉得这是一个晚上能说得完的事情。

她接着翻看着表哥留给她的故事书。广场是叁水镇上人流最多的地方，也是罕见的上至八十岁老翁，下至三岁小童都乐意前往的地方。镇上的戏院，打折的衣服店，二手租碟带店，卖海鲜干货的杂货铺都开在那边。陆晓最喜欢那个小卖铺门口的摇摇车，投一块钱硬币能够摇晃五分钟，如果不停地投币，好像能摇晃上一整天。不过那是小时候，现在她对那种东西已经不太感兴趣了。

她索性回复道"现在外面在下雨。"陆晓竖起耳朵听周围的一切声音，或许是她并不需要竖起耳朵，她也能听到一般人听不到的声音。

"下雨了吗？我去看看。"陆晓妈妈没有那么敏感的耳朵，她走到窗边，伸出手试探着。"没有啊，没有下雨，宝贝。"话音刚落，雨就噼里啪啦地下了起来。这一阵雷暴雨下得很突然，下进了每个人的心里。不知道为什么，凡是重要的日子，或者说重要且悲伤的日子里，叁水镇都会下雨，好像就是一个注定的符号。

捌
最后一碗酱油鸡蛋炒冷饭

告知父母离婚的第二天早晨，母亲给陆晓亲自做了一顿饭。她问过外婆，晓晓最喜欢吃什么早餐。外婆说酱油鸡蛋炒冷饭。

她学着外婆那样把隔夜的冷饭，下锅炒，打两个鸡蛋，放点酱油，混着炒。这个炒饭的诀窍在于一定要使用隔夜饭，现煮熟的米饭是炒不出这个味道的。陆晓妈妈在厨房的动静没有外婆的大，锅铲和锅之间的碰撞很小，几乎听不出有人在炒饭。

陆晓洗漱完，下楼梯，走到客厅的时候，妈妈从厨房里端了一碗酱油鸡蛋炒冷饭出来。她闻了闻这碗蛋炒饭，她就知道这碗饭不是外婆炒的。她很清楚，现在发生了什么，以及即将发生什么。她是一个早熟的孩子，她的察言观色，比同龄人要强太多。很多大人都没有这种敏锐的观察力。

"晓晓，来吃早餐咯，尝尝今天的酱油鸡蛋炒冷饭。你最爱吃的。"陆晓的妈妈显然是在强装开心，从昨天的崩溃中恢复回来的冷静，让人觉得决堤的可能性高达百分之九十九点九。

陆晓不大吱声，只是回复了一个"好"字。

她用匙羹舀起第一口饭，送到嘴里，那个冷饭粘在一起，掺杂着酱油和鸡蛋的分离感，一吃便明了。这是一份炒饭，但三种素材各自安好，没有交融的意思。就像一份番茄炒鸡蛋，番茄是番茄，鸡蛋是鸡蛋，可做这道菜的人，还硬是要说这是一道菜。陆晓很快地吃完了这碗饭，给陆晓的妈妈造成了一种错觉，她传递出一种"吃完这碗饭，就可以出发"的错觉。

　　"好吃吗？"陆晓的妈妈问道。陆晓点点头，冲着妈妈笑。这种笑，可以骗人，可以蒙混过关，这样大人就不会再多问了。

　　她顺着这个微笑，问妈妈："我一会能不能出去一趟，很快就回来。"

　　"去哪啊，宝贝？我们马上就要准备出发咯。"陆晓的妈妈也很欣喜，看到陆晓不再拒绝和她进行正常的对话。

　　"我很快就回来，我去沐艺姐那里。"陆晓说道。

　　"什么事啊宝贝，如果不急的话，妈妈也可以留个电话号码给她。现在通讯这么发达，你们可以通过手机联系的呀。不要担心宝贝。"陆晓妈妈显然是没明白陆晓的心思，反而还过度揣测了她。这让陆晓感觉非常不舒服。

　　陆晓低着头，不出声了。

　　"行吧行吧，你快去快回。"陆晓妈妈看情形不太对，马上转了话锋。她也不想刚用一碗酱油鸡蛋炒冷饭哄回来的孩子，又闹脾气了，于是只好顺着答应。

　　陆晓跑到沐艺姐家门口，咚咚咚地敲门，敲了好一阵子，没有人应答，她有点担心。她又敲了。等了好一会，才有人来开门。

　　"你好，我找沐艺姐。"陆晓很有礼貌地往门里探头，轻声说道。她怕吵着沐艺姐的孩子。

　　"孩子今天发烧，她带孩子去打针去了，没在家！"陆晓当时觉得这个叔叔又没礼貌又没教养，他讲话不看人的眼睛，自己摇头晃脑的。而且跟陆晓讲话的时候连门都懒得打开，隔着铁栅栏就往外喊。虽然隔着铁栅栏，陆晓还是能闻到那股难闻的味道。酸涩得很。当然半大不小的陆晓，猜到这可能是酒精的味道。

听说沐艺姐没嫁个好人家，丈夫开海鲜铺，生意不怎么料理，又拿生意不好当借口，成天酗酒。沐艺姐嫁到他们家之后就再也没有去幼儿园上班，一心接管这个海鲜铺，在她的经营下有了一点起色。但她的身体，也被这些繁琐的家事弄得吃不消了。

"那她什么时候能回来？"陆晓听到外婆从后窗里喊她的名字，在催她赶紧上车，要出发了的叫喊后，回过神来，问那个一身酒味的男人。

"我哪知道啊，你找她干吗？"他很不耐烦的样子，一点也不想掩饰。

"我……我要离开叁水镇了，我要去鹿城。我想跟沐艺姐说声再见。"陆晓挺失落地低着头，讲完最后几个字的时候，她失落得滴下了眼泪，泪水滴在水泥地板上，和很脏的灰土混在一起。

"哦，就这事儿！行了，行了，我会告诉她。你赶紧走吧。"那个男人的不耐烦更加明显了，他根本不觉得这是一件值得一提的事情，他的手朝着门把手的方向伸去，试图关上铁门。

"诶……等等，我想把我妈妈的手机号留给她，这样她能找到我。"陆晓的犹豫大概是担心这个男人根本不会把她的话记在心上，毕竟他根本没有认真在听陆晓说话。

"啧，你这个小孩怎么这么多事，说了会帮你转达，你是怕我不告诉她吗？？再说你外公外婆不还住在这里吗，沐艺她也跑不到哪去，你担心什么？？"他的语气明显比之前急躁了很多，不知道是不是酒精的作用，但是这让陆晓更加不舒服，也更加心疼沐艺姐的处境。

"我就是想去了鹿城之后能跟她说说话，好吗？"陆晓不惧怕这个醉酒男人对她提高分贝的威胁，反而调整了语气，更加坚定地看着他，提出自己的想法。

"……你……你这个小孩……唉算算算，我去拿纸！"那个男人用刚刚伸出来本来要关上铁门的手，碰在铁门把手上，碰得一声响。他估计也碰得自己手疼，甩了甩，还故作镇定的姿态，让陆晓觉得可笑。

陆晓抹了抹去脸上的泪痕，看了看地面上几滴眼泪的痕迹有点明显。她伸出脚在上面踩了踩，试图把泪痕踩模糊，这样就不会有人发现了。

"快点写啊，我可没你沐艺姐那么好脾气。"那个男人进去了挺久的一段时间，拿出来一张卫生纸，和一支圆珠笔。他递出来给陆晓，松松散散的手没什么力，在陆晓眼前晃来晃去。

"这个纸？不是写字的纸嘛？"陆晓看了看这张皱皱巴巴地卫生纸，一脸疑惑。

"一时半会也找不到写字的纸，你将就着写了吧，那么多要求！都不一定打呢！"他其实没有必要补充最后一句话的，但他说了。陆晓的泪水又快要流淌出来，但她这次控制住了。

外婆又从窗口里喊她的名字了，陆晓也没有时间再和这个被酒精纠缠得神智不清的男人左右了。她尽力地、一笔一画地在卫生纸上写下妈妈的电话号码。写完了之后还对着卫生纸吹了吹，试图把它捋平整。

那个男人一把把卫生纸夺了过去，"诶——！！"陆晓生怕他把卫生纸给捏坏了，她下意识地喊出声来。

"行了，赶紧走吧！"他转身走进铁门里，"砰"地一声关上了铁门。

"一点礼貌都没有。"陆晓孤零零地站在门外，对着冷冷的铁门嘀咕道。殊不知，自己从头到尾也没喊一声"叔叔"。

"也是，这样的人，根本不值得我对他的尊重。"陆晓心想。大人没有大人的样子，让小孩子觉得长大是一件残酷的事情。

陆晓顺着外婆的叫喊声，跑回了青禾四巷。她看到不宽的巷子里停了一辆小轿车，妈妈在跟站在车旁边的一个叔叔说话。

妈妈看到陆晓跑了过来，冲着房子里的外婆喊道："诶妈，快，陆晓来了。你帮我把那袋东西拿出来吧。"边说边绕过车子，往房子的方向走去。外婆提着一大袋东西，走出大门，陆晓妈妈去搭把手，把东西搬上车的后备箱。那个叔叔急忙过去帮忙，他看起来比较紧张。陆晓跑到他们的身后，停了下来。

陆晓的妈妈问她："跟你沐艺姐讲完话啦？"，妈妈的心情好像很好，至少和昨天或者早上相比好了很多。

"嗯。"陆晓点了点头，眼神顺势延伸到旁边这位叔叔的身上。她小心翼翼地观察着他的五官。

"哦，这是陆展叔叔，晓晓。专门从鹿城过来接我们的。"陆晓的妈妈很好，她没有强迫陆晓要叫人，但她会引导陆晓做有礼貌的事情。

在小孩子眼里，没有那么多的是非，她也不认为这时候叫声"叔叔"和礼貌有关，而是和立场有关。她暂时叫不出口。不是因为她完全知道目前发生了什么，而是她真的想了想，接下来未知的长途旅程弄得头晕。

车启动的那几秒钟，行速很慢，慢到陆晓以为车会倒退。还能看到远处那个外公骑单车带着她经过的济襄桥。陆晓懂得了离别是什么，但不知道离别的层次有这么多。每长大一天，就有新的悲伤。

陆晓的外公一般有人出远门，或者来拜访的老朋友们、后辈们要离开青禾四巷，他都不会出来送客。他不会让人看见他悲伤的样子。他选择不直接面对。外婆则是热心肠，她会把客人或家人都送到巷子尾去，站在巷尾那棵大榕树下，一直挥手，一直微笑，一直保持这个姿势，等到车离去，直到看不见车影。

她的手越挥越慢，慢慢地无意识了，才会放下来。和外婆的道别总是需要花上很长的一段时间。很多时候，人的动作是下意识的，往往在自己没有察觉到时，已将所有的心理活动都展现在肢体语言里了。

陆晓的外婆就是这样一个藏不住心事的老人，和她的外公整好相反。比如她舍不得陆晓和妈妈，她也没办法接受突如其来的冷清。可她知道她是长辈，她不能在陆晓面前表现出一丝悲伤或软弱。

陆晓靠在窗边，面包车内的温度开始上升，即使开了空调还是很燥热，这种体感大多源于心情。车开出青禾四巷后的十分钟，开过叁水镇医院，陆晓看到沐艺姐从医院门口出来。推着单车，右肩膀上挂着背小孩的背带，一边肩膀高，一边肩膀低。低的肩膀正在努力地推着单车的左把手。

怀中的孩子在哇哇地哭着，看着嘴巴一张一合，很用力在争取关注。而沐艺姐的眼皮明显已经耷拉下来，每一步都蛮沉重的步伐在往医院门口的街道上走去。

"诶，等等，妈妈，那个是沐艺姐！"陆晓不自觉地喊了起来，刚刚看着榕树下外婆背影时伤心的眼泪刚刚要干涸在眼角，马上被这一刻的开心给治愈了。

"哪儿呢？"妈妈也有点开心，毕竟沐艺姐也是她从小看着长大的，她看沐艺姐就像沐艺姐看陆晓吧。这时候陆展叔叔开的车突然变了速，突突地慢了几下，又突突地快了起来。临走前，听妈妈和外婆聊天说他开车技术很稳健，原来是骗小孩的。陆晓心想。

"医院门口！叔叔你快靠边停一下车！"陆晓着急地挺起腰身，

凑近驾驶座的位置，探着头，拍着后座椅的靠头处，喊道。

"诶老陆，你停一下车吧，那个是我们后巷住的沐艺。我们晓晓和她关系好，想跟姐姐当面说声再见。"妈妈替陆晓解释道，声音里也略微着急，她眼见着陆展叔叔把油门越加越大，突如其来地快而不稳的驾驶技术，让陆晓妈妈也觉得困惑。

"不是我不停车啊……晓晓，是这叁水镇的主干道也没有调头的地方，这不……前面标示还是禁止掉头的标志吗？"陆展叔叔解释道。

"不是，叔叔，你不用管那个标志的！"虽然说几句话的功夫，车子已经开过了那个路口，显然也看不见沐艺姐身影了，但陆晓还在争取。

"晓晓，我们还是安全第一。"陆展叔叔的声音里听得出那种掩盖不住的为难。

"晓晓，你听妈妈说，叔叔说的对，还是以安全为主，这个地方是个岔路口，交通事故很多的。再说镇医院门口也不好停车。"这时候，陆晓妈妈这个中间角色再次登场。这次，她站在了外人那边。

"妈……"陆晓说不出话，眼泪已经流下来了。她不知道什么是禁止掉头的标志，她只知道在叁水镇，没有人真的遵守交通规矩，红绿灯像一个摆设。但遇上这么不通情达理的叔叔，她能表达的除了委屈，还是委屈。

她的眼泪不自觉地流着，除了和沐艺姐的擦肩而过之外，陆晓还想到了很多想不完的过程，也看不到结果。她不知道鹿城会带给她的是惊喜，还是惊吓，所以时不时的迷惘，成了这个年纪不该有的想法，掉进了一个成长的怪圈。不变也悲伤，变也悲伤，这天，陆晓懂得了成长就是要背负代价。

渐行渐远的不只是沐艺姐推着单车的身影，还有那座叁水桥，二楼阳台偷看羽毛球大战的时光，和表哥之间的恩怨，外公单车前座的位置，以及外婆隔夜的酱油蛋炒饭。

车，颠颠簸簸，开出了叁水镇，开上了乡间小路。虽然是公共道路，但陆晓总觉得共享着挨家挨户的生活，车速极其慢的时候，能够完全窥探到家家户户的日常。由沥青路转石板路，转上高速路，沿路的山峦都奇形怪状。

高速收费站旁的山顶上，有一个巨型的妈祖像，好像在俯瞰着众生，又庇佑着众生。所有的乡民离开这个小镇，都会下意识地看着她，许一些不切实际的愿望。其实其中最靠谱的愿望，当属一路平安了。

陆晓做梦都没想过会离开这个出生、长大的地方。她舍不得这里的一切，包括那个贴不上贴纸的斑驳墙壁。这里有着她全部的世界，她不知道她要去向哪里，会过上什么样的生活，但此刻的悲伤根本没办法通过许一两个愿就缓解。

开上高速，就是一望无际的田野，山丘带。南方的山看不到连绵不断的山脉带，只有一座一座可以攀登的山丘。路过水田，路过光影，路过明暗，人们的大多痛苦和些许幸福。出叁水镇，就沿溪而过，走陆路抵达。

陆晓那天觉得车开了好久，从这条路到那条路，从弯路到直道，又从直道开回弯道，蜿蜿蜒蜒，过了好几个隧道，开过好几个分叉路口，永远在选择着方向，一直在路上。

第二辑

在鹿城

玖
初见鹿城

　　车开进鹿城的时候已经是晚上了，过了饭点。城市的灯火照得人眼晕，这里好像隐藏着一种巨型的共振。陆晓心里揣测道。

　　下高速路口的前一阵，开过一片工厂区，大工厂房上方有着烟囱，冒着烟，路灯太明亮，把这些烟散开的样子都照出来了。飞驰而过的车辆都不在意他们的存在，他们只负责赶路，从这个点到那个点。

　　开进鹿城时，陆晓就知道这该是鹿城了。但妈妈还是多此一举地告诉她："晓晓，醒醒了，我们快到了。"

　　"我没睡。"陆晓戴着一半的耳机听着沐艺姐姐给她下载的《外面的世界》，"我只是没说话。"她似乎想纠正妈妈对她安静时刻的侵犯。

　　妈妈没有出声，用沉默代替着她的内疚。她一直没读懂陆晓不爱说话这件事情，她只是不爱说话，不代表这有什么问题。不是每一个小孩都必须开朗，而大人眼里，小孩就是活泼和开朗的代言人。

　　可能陆晓的妈妈，多么希望在这样一个时间

段，一个活泼快乐的孩子，能够带给这个家一点光芒。而陆晓的妈妈好像在埋怨陆晓反而用她的沉默在给整件事情雪上加霜。

车一直往前开，开过了最后一个收费站。鹿城的霓虹越来越刺眼，那些霓虹灯上的字眼，她全看不清楚，太过闪耀，刺痛了瞳孔。这是城市的喧嚣在向她开起的战火。她对这个外面的世界一无所知，甚至完全没有做好准备被它拥入怀抱。

开过很多相似的高楼，就到了家楼下。搬着一晚上可能都搬不完的行李来到新的家中，那个开车的叔叔并没有离开，而是在帮着陆晓和妈妈将东西都搬进室内之后，开始进厨房帮妈妈做饭。

妈妈又亲自下厨给陆晓做饭，陆晓不是那么习惯。当这两件事同时发生的时候，陆晓觉得这一切都很荒谬。她也不出所料被这趟旅途弄得头晕。她径直走到沙发边上，倒了进去。

那个叔叔很憨厚，只是不是那么亲近，又或许是和谁都不亲近的缘故，陆晓已经习以为常的隐藏，而不是释放。她不懂得什么是相信，只知道选择不相信，不会伤害到自己。这个世界上只有外婆懂得她的敏感和小心翼翼。

"晓，晚上蒸热圆印糕和雕鸡糕吃好不好啊？"陆晓妈妈从厨房里走出来问。这两种食物都是叁水镇上人人必吃的主食，人们对它们的需要甚至比对米饭的需要还高。

"不要。"陆晓本来找到一个在沙发上躺得还算舒服姿势，被这个问题给郁闷到了。一个不要背后，其实在心里打了不止一个问号："为什么要到鹿城来吃圆印糕和雕鸡糕？是担心我不够想回去叁水镇，还是担心我吃不上这些叁水镇的食物不习惯啊？"

想到这些，就头麻。她什么也不想吃，她反胃。

"那你想吃什么？妈妈下去买。"陆晓妈妈语气里透出无奈，但是她在克制，不要因为自己的疲惫影响到陆晓。其实这种疲惫感越试着被掩盖，越糟糕地暴露。

"我什么都不想吃。不饿。"

"那怎么行，好歹也吃一点。一点都不吃，胃会饿坏的。"

"我说了我不饿。我困了，我想去休息。"陆晓说着起身，朝着房间的方向走去。她显然不知道哪一间房是她的，甚至她都不知道她是不是真心的被这个新地方欢迎着的。

"哪个房间是我的？"陆晓走了两步，意识到自己都没有被分到房间。

"诶，老陆，哪个房间是晓晓的？"陆晓的妈妈也显然还没想好。

陆晓朝后翻了个白眼，找了个离厨房最远的房间，迅速地走了过去。剩下陆展叔叔和她的妈妈在走廊口面面相觑。

"这孩子……"陆晓在关上房间门前听到妈妈和那个叫陆展的叔叔在走廊上嘀咕道。大部分都是妈妈的声音，陆展叔叔很少出声。

陆晓一点也不想知道他们讨论了什么。

她站在这间房子的四十六分钟里，没有一分钟在想这个"新房子"里的事情。从那声用力关上门、阻隔开外面的世界的一声"砰"响中回过神来，才看清这间不大的卧室。

这是侧卧，不对着门口。天花板很高，看上去很空荡，没有人生活过的痕迹。窗台很浅，上面够放一个烟灰缸。一张单人床摆在墙角，上面是碎花的床单，看起来已经有些年份没有人睡过。

床对面是一个镶进墙里的橱柜。这个橱柜只有上面半截，需要站在一张椅子上才能够到顶。空空荡荡的颜色敞开着，像是吸附着这间房子的冷漠。从窗台往外看，是一片直视过去就会灼烧得疼痛的霓虹色。什么也看不清。

她从衣服口袋里掏出 mp3 和耳机，按下播放键。用听觉的敏感冲击视觉的无感，她闭上眼睛感受新的变化。她只感受到体内很深很深的拉拽，她的心和身体一起在自由下沉。她喘不过气。她想要呼吸。

　　其实陆晓从拿到这个 mp3 开始，就一直保持着带一边耳机的习惯。她也不知道从哪里听来的，用左耳听声音，心脏能够更快地接受到信号。很多歌里的心事，只能讲给对的人或位置听，讲给其他人或位置是没有意义的。

　　这时，厨房的动静愈来愈小，渐渐地弱了下去。只带了左耳耳机的陆晓，很清楚地知道妈妈已经做完晚饭。她听到拖鞋的声音，靠近她的房门，"咚咚咚，咚咚咚"，先是三声，很慢地敲着，细声细气地叫着"晓晓，晓晓，吃饭了"。

　　看陆晓没有任何反应，妈妈再急凑地敲了三声，还是没有反应。她着急地推开房门，看到躺在床上没有盖被子的陆晓。她仿佛定格住了。她吸了吸鼻子的声音，在安静的空间里也听得一清二楚，陆晓知道她的妈妈又不争气地落泪了。这滴泪因为长途跋涉来到鹿城是累，也是内疚。

　　她听见妈妈关门的声音，客厅里照进来的那束光暗了下去，她慢慢睁开眼睛，按亮 mp3 的屏幕，戴上两个耳机，把耳机声音调到最大音量，从床上站起来，走到床边，站在窗口风吹的最大的地方。她伸手推开窗户，有一些没有打扫过的灰尘飘下来，落在她的鼻尖。好像每一片尘埃都在给她在鹿城全新的生命加冕。

　　那一天晚上，陆晓没有睡着。她顶着头痛欲裂的感觉，在新家的新床上，辗转反侧。她站在窗边看鹿城的灯火通明的夜，夜色里全是道不尽的冷漠。没人愿意花时间听陆晓其实不再是小孩的一些思考，外婆也选择了放开陆晓的小手，那个曾经牵着她走过很多个菜市场、到广场上去坐摇摇车的外婆，也选择了让她去外面的世界闯荡。

　　这是不是小鹿和老虎外婆故事的后半段呢，陆晓一遍又一遍回想着外婆和她躺在竹席上讲故事的老夏天，一遍又一遍回想着故事的开头和结尾，她在那一瞬间，觉得自己就是那只小鹿，但此刻失去了老虎外婆给予的勇敢。

原来，外婆说的勇敢是无形的，她不会一直在身边，她不会。就连沐艺姐现在也为人母，每天为了小孩和那个酗酒男人而烦恼，她没有出口。陆晓好像被大人无形中逼着做决定。他们很温柔地跟她说道理，表面上好像她有的选择。其实她没有。

她根本不能够决定她到底要不要离开。

拾
鹿山中学的夕阳

　　陆晓离开叁水镇的时候，六年级的第二学期还没有结束，暑假也还没有开始。因为要来鹿城参加入学考试的原因，她的妈妈帮她做了这个提前退学的决定。鹿山中学是鹿城最好的中学，就读前是要通过单独的入学考试的。

　　妈妈和陆展叔叔开车送她去参加考试。陆展叔叔从准备出发，到出发，这一天早上都不太自在。心里装着些事。虽然他那个人总是把心事写在脸上，但是今天早上尤为明显。但陆晓并不想过多参与他的心事，便很快忽略过去。倒是陆晓的妈妈在出发的路上询问了几句。

　　"你怎么了？有些魂不守舍的。"

　　"没怎么啊。挺好啊。"陆展叔叔强装镇定。

　　"什么没怎么，你一早上都患得患失的。诶诶诶，小心，你看你踩线开！"陆晓的妈妈是遇事比较容易反应出来的人，一看到不对劲的，总是会第一时间提醒别人，不知道这对一段亲密关系的相处有没有帮助，但陆晓从后视镜中看到陆展叔叔的表情里，有明显的不开心。但强装开心，非常勉强。

"好好好，注意了，别大惊小怪。我这不是早上想着晓晓要去考鹿山中学，我们鹿城排名第一的学校，替她紧张嘛！"陆展叔叔的抑扬顿挫第一次使用得如此贴切，语气缝合之密。陆晓从后视镜里接到陆展叔叔由眼神递过来的求助信号，她转移开视线，假装没看见。

没多久，车开到学校门口，已经有很多穿着红马甲的志愿者在帮忙登记学生和家长信息，被告知家长要在左手边的一个会议室等待。学生需要自己带齐资料进到考场。而告诉他们信息的这个人叫陆梧。

他是这个学校马上就读高三的学长，假期过来志愿帮忙。他长得不是大众审美上的帅气，但有着自己的独特风格。比如他讲完话后习惯性地将左嘴角轻轻上扬，却又不自觉在笑的气质，又温暖又忧郁。仿佛能解答你所有的问题。

陆晓在不自觉地偷看他，以至于他叫陆晓在签到表上签名的时候，她盯着那张表，也没能写下手。下意识地想多在这个地方停留一会。

"同学？"陆梧轻轻拍了拍陆晓的肩膀，温柔地说道。

"……嗯……？"陆晓从那个真空的状态中回过神来，发现陆梧的脸凑得很近。他的睫毛很长，虽然戴着眼镜，但也能看到眼神里的灵动。陆晓不知道自己的脸红有没有被发现，她只知道自己的脸颊很热。

"同学，麻烦你在这张表上签个字，然后就可以上右手边的这个楼梯，考室在二楼。"陆梧看陆晓回过神来，又耐心地解释道。

"哦哦哦，好，谢谢你。"陆晓下意识地用手摸了摸自己的脸蛋，害怕这种滚烫的感觉被发现。她说完最后一个字之后，轻轻地咬了咬嘴唇。

陆晓回头看了看，妈妈和陆展叔叔，示意他们她要准备去考试了。他俩几乎同时说出了"加油宝贝（晓晓）"这句没用的废话，但人们在某些时刻，只能用这些废话去填满一些交际上的空隙。陆晓笑着点了点头，她的心情不错。

"诶，同学，你的准考证忘了拿！"一声响亮但是又干净的声音在陆晓身后响起。

陆晓猛地一回头看到陆梧正在朝着她的方向跑来。她的脸瞬间又烫了起来。这个热度慢慢从脸颊两侧，延伸到耳后根，她不用照镜子都能感觉到自己的害羞是红色的。

她慢慢地从陆梧手上接过准考证，陆梧站在她对面一米开外的位置。阳光正好，照在他脸上，阴暗交加间，衬托出他脸分明的轮廓。

陆晓为这些天以来为数不多的美好时刻驻足着，陆梧提醒她："赶紧上去吧，快开考了。"温柔且治愈的声音让陆晓第一次感觉到转学的期待。

考试结束铃响起，陆晓走出考场，看到较灿烂的夕阳时，就知道考试进行得比预期得要顺利。她伸了个懒腰，看到鹿山中学的初夏。满眼郁郁葱葱的绿，很多树枝上的芽已经冒得差不多了，准备朝着墨绿色渐变着。有几只知了在叫，因为是周末，学校里没有什么人，听到知了在歌唱，满是生命的旋律。这种背靠着山峦的地理位置，让它得天独厚地拥有一种灵气。

她又想起了刚刚签到台前的陆梧。她不知道他还会不会在那里，但抱着侥幸的心态小跑着下楼。她不期待见到等待妈妈和陆展叔叔的，如果只是见他们，她不至于小跑下楼，更不至于期待。

虽然事实给了她一场空，到校门口时，只有妈妈和陆展叔叔，以及其他几个家长站在那里等待，穿志愿服的几个学长学姐已经离开。只看到对面的妈妈在招手，陆晓放缓了脚步。

夕阳就要落下去了，这时的鹿山中学傍晚被染成一片橘红。

拾壹
夏一站

考试结束后，陆晓和鹿城的所有学生一样，有了一个仪式感的结束，摇摆着进入这年的夏天。

第一个不在叁水镇的夏天，陆晓很不习惯。她不是没有提过要回叁水镇看外公外婆的要求，但是都被妈妈否决了。她的妈妈要陆晓赶紧适应鹿城的生活，在这里多交些朋友。

这是一个无所事事的暑假，陆晓在鹿城，既没有新的朋友也没有老朋友。生命中这样尴尬的时刻不多，陆晓无所适从。

她换好衣服，走到家门口，系好鞋带的那一刻，也不知道要去哪里。她想先漫无目的地走走，也没有和这个城市真正打过照面，接下来的生活，还指望着这座城市对她好一点。

打开家门，听见楼道里有温柔喘息的声音，看到一位锁骨松软，眉眼清晰的姐姐拎着两大袋东西，正在一级一级地往上走。陆晓本能地反应过去帮她，就像帮爬着楼梯的腿脚不好的外婆一样。

"姐姐，我来帮你。"陆晓伸出手。看到环保袋上写着"鹿香书城"四个字。

"啊没关系，谢谢你。我再上两步台阶就到了，这就是我家。"

"诶，姐姐，我们住对门，我是你对面的邻居。"

"是么，真有缘分。我也是上周才搬进来，算是邻居。我叫陆柿，柿子的柿。多多关照啦。"陆晓看着她温柔眉眼的笑意，心情也好了些。

在鹿城，所有的人都姓陆。陆晓的爸爸也是来自鹿城，只是陆晓还从来没来过这里。但陆晓还是第一次听到，这个姓后面跟柿字，听起来很曼妙。柿子的柿，陆晓心想。

柿子是陆晓喜欢吃的水果之一，赤红色的柿子外皮，好像裹着成千上万的甜蜜。脆柿是最曼妙的。爽口弹牙的口感，恰到好处的清甜，不过于成熟，也不过于新鲜，这就是人们所说的"轻熟"，陆晓看着眼前落落大方的柿姐想道。

"我是陆晓，可以叫我晓晓。我也是刚搬进来的。"

"晓晓，很高兴认识你。是么，我还以为对面这户人家住了挺久的了。"

"哦，这里的……叔叔是住了蛮久的啦，但是我……和妈妈，最近才搬过来……"陆晓其实耻于说出这种令人一猜就能猜中的事实，但她也学不会骗人。她也不想骗这个第一眼看到就挺喜欢的温柔姐姐。

陆柿明显脸上表现出了一丝不好意思，在她不知道要如何应付的瞬间，陆晓是很懂得察言观色的小孩，立马填补上这个尴尬的空隙，说道："诶，柿姐，你买了这么多书回来啊。"

"哦这些，这些是我自己书店进的书呢。"

"啊你开书店的呀。在哪里，我正好没有地方去，我可以去你的书店看看吗。"

"可以是可以，但是我的书店还没有那么快开张呢。现在还在装修阶段。这不，也在进一批书先试验一下，也新做了些书店的周边产品。"

"那柿姐你的书店什么时候开门了，一定要告诉我。"

"没问题。不过你要是喜欢看书，鹿城有家全国最大的书城，叫鹿香书城，你可以去那里转转。"

"诶好，离这里远吗？"

"不远，几站公车就到。"

"好嘞。"

"一个女孩子出门要小心点噢，早点回来。还有楼下有一间咖啡店，你如果想读书，可以去那儿坐坐。我觉得里面的薄荷茶还不错的，咖啡都不怎么样。"

陆晓很想告诉她，她其实喜欢喝茶，这个习惯是从外公外婆那儿带来的。

但没喝过薄荷茶。她默认了这个推荐。心里想着：

来到鹿城，就是来体验新的事物的，她确实需要靠着这杯薄荷茶，打开与鹿城之间的隔阂。

陆晓乘着公车，到了鹿香书城，点了薄荷茶，她自己感觉在一点一点融入这座城市。

她脸上的神情，明显比刚出门时放松了许多。

突如其来的小确幸，常对她很有杀伤力。

虽然家里烟火熏天，但家附近总存在着安慰。以前是后巷的沐艺姐姐，现在是住对门的柿姐。因为陆晓是独生的孩子，无论是和她一起长大的表哥，保护过她的沐艺姐，还是刚见面就觉得倍感温柔的柿姐，都能给她弥补一点没有亲生兄弟姐妹的遗憾。

她自己知道这一切不会长久的，但她只要学会享受短暂的欢愉，就能维系较长的假象。本来也不可能有人会真的在意。

陆晓原来在叁水镇时就喜欢去书店，窝在一个角落，就是一个下午。常常是午饭过后就去，忘记了晚饭的点。要等外婆来拎她回家。在陆晓就读叁水镇小学边上除了干货铺子、卖宵夜的摊档、二手碟磁带店之外，其实还有二手书店。常常和零食铺合在一起。后来因为街道办整顿校园周围环境，为了给学生一个安全的学习环境，就将这些卖或租小人书的小卖店都一起整顿了。于是陆晓再也看不到种类齐全的二手小人书。

按照柿姐给的线路，陆晓拿了些零用钱搭上去鹿香书城的公交车。沿路的城市在蓝天的衬托下显得饱满。没有夜晚看起来那样离散。公车上的人都在忙着回家，只有陆晓好想绕开城市中心，时刻思考着曲线抵达。

陆晓在鹿城感受到的傍晚有些思绪不宁，好像一切都变得脆弱起来，随时会被分解掉。落日已去，余晖是粉红色的，压得很低，靠近鹿城的地面。

巴士沿路开过城市，陆晓第一次近距离感受鹿城里的市井欢愉。老人家们带着小朋友去公园荡秋千，下班了在海湾边上坐着的情侣、到栈道上散步的夫妻，在每个角落展现着城市的公共区域的美好。这些是免费的快乐。快乐本来就很难，而免费的快乐是成倍的福报。

从这个傍晚开始，陆晓在鹿城的夏天算是有了归属。也是从这时候开始，鹿城的夏天就是薄荷味的。每滴薄荷茶里的清新，和每个焦虑里的如芒在背都融合得很自然。

那天晚上陆晓在鹿香书城看书看过头了，忘记了回家吃饭的时间。到家的时候被妈妈唠叨一番："你再不回来，我和你陆展叔叔都准备报警了！"她总是喜欢大惊小怪，好像只要陆晓一分钟失联，就仿佛失去了整个世界。

"我在鹿香书城看书，忘记了时间。"陆晓边拖鞋边漫不经心地回复道。

"那你不告诉我们一声？留个字条也行啊！"

"有什么好大惊小怪的，我之前都是这样。外婆外公都习惯了。"

"这里不是叁水镇，这里是鹿城！"妈妈没有保持她一贯的优雅和知性的音量，而是提高了分贝在与陆晓拉扯。

"是啊，是啊，晓晓，你妈妈说的对。这里是鹿城，不比叄水镇，晚上一个女孩子在外面还是不那么安全嘛。"

"又是你告诉我这个新城市很安全的，现在这个城市不安全也怪我了是吗？那为什么还要带我出来？"陆晓的眼泪已经在眼眶里打转，她对着她妈妈硬生生地表达着她不理解。

"不是，晓晓，是叔叔没表达好，鹿城很安全，只是你一个女孩……唉，叔叔嘴笨，说多错多，我还是少说点。但你妈妈真的是关心你才那么担心的呀。"陆展叔叔在竭力帮妈妈解释，越帮越忙。

"我又不是在外面做坏事，为什么担心？"

"你不做坏事，不代表外面没有坏人啊。万一……"

"万一什么？"陆晓试图打断陆展叔叔不靠谱的假设。

陆展叔叔是不敢直接告诉陆晓万一后面的内容的，他认为他们的关系还没有打破那层纸，所以对陆晓说话都需要小心翼翼。而陆晓的妈妈被陆晓的那个问题给问住了，她可能在懊悔或自责，陆晓不想知道，她径直地走回自己房间。"砰"的一声关上门。

她站在房间的窗口前，看着窗口外对面楼里，面面闪烁着不同光芒的窗户。邻居的存在在陆晓眼里好像无声的电影。车流盖过了他们的对话、谈天、大笑、呢喃、吵架的声音，又或者说隔音太好，只看得到嘴皮子抖动的片刻。

陆晓就在这些读唇语般的时刻，戴着左边的耳机，听《外面的世界》，看着楼上楼下的客厅灯盏都装了暖黄色的灯泡。因装潢各异的缘故，都呈现出褐黄色的效果，像极了陆晓认知人间的底色。

不知道为什么，这让她第一时间想到的是陆梧那张棱角分明的脸。这种感觉反复了好多次，终于在书城里，软磨硬泡地，百无聊赖地度过了一个薄荷味的夏天。

拾贰
天台上的二三事

　　入学的第一天，陆晓去图书馆登记，办理图书卡才可以从学校图书馆中借书。她找了节大课间去了二楼的图书室。走进书架间左看看，右翻翻。想着先和这个环境打个照面，接下来借书也有个头绪。

　　走过一个书架，她看到一个男生的侧脸，搭配上很容易辨认的身高，心里百分之九十确定他是那天那位志愿者。

　　"诶，你不是……那天那个"这句话说在了心里。

　　陆梧侧着脸在翻阅从书架上拿下来的书，感觉到左边有一阵剧烈的注视引着他回头。他顺着这阵目光，将头偏到侧边去，看到眼神里在确认中又带着小心翼翼的陆晓。他也很快认出了这个在三个月前，有过一面之缘的女孩子。

　　"你好，我是陆梧。"他在两个人的目光交织的那一刻，先开了口。

　　陆晓不知所措："你好，我是陆晓。"

　　图书馆是除了自习室和晚上熄了灯之后的宿舍之外，唯一一个需要静音的地方。所以讲话的人需要凑得很近，贴近耳朵边。呢喃和痒痒的作用下，反而让一场简单的对话变得私密。悄悄话的暧昧也是在这种掩盖下升温。

这时，陆梧的脸已经很靠近他了，捂着嘴说："图书馆不能大声说话，你借完书，我在外面等你。"

陆晓脸颊上的热蔓延到耳朵边上，瞳孔无限放大，完全忘记了自己为什么要来这里。只是转身跟着陆梧出了图书馆。

"诶，你不借书了吗？"

"哦——哦，没，我今天是来办图书馆卡的。我暂时不借书。"

"这样啊，我还以为你要借书呢。"

"你呢，我看你在看加缪。"

"你也看么？"

"嗯，过去几个月没什么事，就在鹿香书城读他的书。"

"你最喜欢哪一本？"

"《异乡人》吧。"

陆梧缓缓地举起他手里刚刚借出来的那本书，书封上写着《异乡人》三个字。

"这个学校有三本《异乡人》，我已经来借过好几回了。而三本《异乡人》的借书记录上都没有过之前借书记录，证明没有人读过它。"他翻开书的里页，指着空空荡荡的借书页面说道，"你是我知道的第一个。"他又看着陆晓的眼睛，补充道。

陆晓姑且不把这当作是夸奖吧，她有点不习惯这种下意识的靠近。她拘谨的性格马上显露出来。

铃铃铃。大课间结束了。

陆梧看了看表，马上侧了几步，倒退着对陆晓说："我要赶回去参加模拟测试了。有时间一起吃午饭啊。"

陆晓才知道他是高三生，只有高三才需要在大课间后参加模拟考试。接下来的一瞬间，陆晓觉得自己和同龄人是没有缘分的了。无论是在叁水镇，还是来到鹿城，和她亲近的人都比她年纪大很多。

第一天到学校，她看着诺大的教学楼，层层叠叠，铁栏杆拦住了很多秘密，也生出了很多想象。她想顺着来时的路，往回找，总能找到教室。

然而那一天的第四节课，她迟到了十七分钟。课后老师问她去了哪里，她解释说，因为去图书馆办理图书卡，找不到回来教室的路。

那节课正好是班主任的数学课，老师怪她，说之后会领着全班办理的，为什么这么心切。她没过多解释了，只字没提陆梧的名字。再之后，班主任到底说了什么，她也记不清了，只想下一节课的铃声怎么还不响。这个课间好像比上个课间持续地久多了。

最后一节课的铃声响起。陆晓起身收书包。动作不算快的她，看着周围的人三三两两都收拾好了书包往食堂的方向去了。她在原地整理着书，在班上人都散得差不多了的时候，她听到有人敲窗户的声音。

她侧脸，看到陆梧透过窗户往里看的眼神，让她想到已经好久没有人这么深切地需要她了。不知道刚刚陆梧是不是同样的角度看到她的，好像一瞬间时空合并了。

她收拾书本的手，僵住了会，继而露出微笑，发自内心的。她朝窗外挥挥手，示意陆梧马上来。陆梧点点头，也笑了。这时一阵秋风吹来，鹿山中学高耸入云的树还是郁郁葱葱，只是树枝上的树叶在松动的声音逐渐清楚。云稀稀疏疏，天高云淡的正午时分，阳光刺眼。

"你是怎么找到我的教室的？"陆晓从身后拍了在看树的陆梧。

"秘密。"说着，陆梧往楼梯口的方向走去。

"喂——这样不好吧。"陆晓在后面跟着，面露着急。有点担心别人看到说他俩的闲话。

"先吃饭吧，你不饿的吗？我都要饿死了，早上倒数第二节课时体育课这种课表，到底是哪个老师安排的！"陆梧的抱怨还挺可爱。

"体育课在倒数第二节挺好的呀，一早上上课累了，不就可以放松放松。"陆晓还是新生，不懂鹿山中学的暗规矩。

"说你是新生，没有人会不相信了。刚入学还是让学长来教你些，不明文规定的新生守则吧。"陆梧首先打开话匣子，这明显拉近了两人的距离。

"这我知道。"

"你不知道，你要知道就不会说出这些天真的观点了。"

陆晓沉默了。她在等陆梧接下一句话。

"我的意思就是在体育课这件事情上，最完美的安排就是早上第五节课啊，这样操场离食堂最近。我们打饭不就快一些，早些吃上饭么。如果不是第五节课，那不论排在哪节课不都一样了么。"

"那第四节课怎么了？"

"第四节课不就遗憾呗，排第一二三节都行，偏偏第五节。"

"哦，哪有那么好的事情。"

陆晓突如其来的冷却，让陆梧也不是很知道要怎么接应下一句话，两个人并肩走下了楼梯。但陆晓心里是避讳的，陆梧却没那么在意。

陆晓知道，那些和更高年级的学长相处太紧密的女孩，都会被同年级的女生唾弃。甚至还会遭致校园暴力，都是因为嫉妒作祟。

陆晓实在也是不想卷入这种无谓的争执中，可是她也不想错过一段友谊。就在纠结中他们已经走到了初中食堂的门口。

"我在这里吃吧。"

"这么多人，排到什么时候去。"

"还行吧，不是特别多人啊。"

"跟我去高三食堂吧。那儿人少，给我们单独开的。备菜也更营养，种类更丰富。"

"我能进么？"

"不查。放心吧。"

陆梧轻描淡写的轻松让陆晓感觉到他嘴里说的放心，于是她跟着陆梧去了高三食堂。初中部和高中部是不可以共用一个食堂的，特别是高三。

班主任特别强调过这个纪律。而陆晓入学第一天，就打破了班主任的叮嘱。进了高三食堂，排队队伍不算长。陆梧说很多人吃饭都飞速，为的是节省时间回宿舍多背几页书、多看几道题。

"那你？"陆晓问出口的时候有些迟疑。

"我聪明啊，不用学习。"快排到窗口前的陆梧，在打饭前，回过头来对陆晓说。

"切。"陆晓觉得站在他前面的这个人和第一次见到的那个完全不同。陆梧的内秀好像慢慢消失了，话说得越多，消失得越快。她挺失望。

"别愣着啊，阿姨问你吃什么呢？"陆梧在她眼前打了个响指。

"啊，哦哦——"她拙劣地露出了思考的痕迹。她搜着口袋，发现校园卡没有在身上，心想坏了。

已经找到位置坐下的陆梧，转头观察着陆晓的举动。看到她略显焦急的样子，把书包放在座位上，直接走了过去，把自己的卡递到她着急寻找的眼前。

"用我的。"

"等等，我能找到，等等。"她边找又边逞着强，不想跟刚认识的同学不久借钱。哪怕只是几块饭钱。

"用我的——"陆梧再次拉长了语气。

"我很快找到了！"陆晓还是固执地翻着书包的后夹层。本子啊书啊都在往外掉。

"用我的！——滴滴——阿姨，你给她选吧。"陆梧直接把自己的卡放在了读卡器上，发出了清脆的声响，和陆晓的铅笔盒掉在地上的声音重合在一起，分出了强弱的声部。

陆晓蹲在地上抬起头看着读卡器上显示十六块四的数字，是陆梧校园卡的余额。她默默地捡起散落在地上的东西，拍拍书包的底部。慢慢站起来，说："跟他一样的吧。"

陆梧拿过她手上的书包："你端菜，别弄洒了，书包我给你拿过去。"

"不用，我可以背着。"陆晓说完就把书包往背上一拧，端起盘子往座位上走去。

坐下来之后陆梧看着她埋头吃饭，好像装了消声器又有些小生气地陆晓，问："吃得惯么？"

"还行。"

"肯定吃不惯吧，家里的饭菜比食堂好。"

陆晓迟疑了一下："都差不多。"

"真好，家里有人做饭。不像我，都是自力更生了。"

"你们高三不都在学校吃么？"

"平时是，但周末我也自己在外面随便吃点。"

"这么刻苦学习。"

"呵呵，我倒希望是我刻苦学习。"陆梧摊了摊双手。

"……难道不是么？"陆晓犹豫着，问出了口。

"我要是有那么刻苦学习，我估计也不会坐在这儿和你吃饭了。"

"丁零零"中午午休的校园铃响起。

"我们回不去宿舍了，搞笑。"陆梧微微一笑。

"为什么？才打了第一遍铃。"

"这遍是午休铃了，不是预备铃。"

"不能吧，那预备铃呢？"

"预备铃早打过了吧，我们没听到而已。"

"啊，这怎么办，我第一天入住宿舍就迟到？"

"小姐，这不是迟到的问题，是宿舍大门已经锁了，你进不去的。"

"怎么可能——"陆晓以为陆梧骗她。

"不信，你去试试。"只是陆晓话音还没落，就被陆梧抢去话茬。

陆晓沉默。陆梧起身将盘子丢进收集桶。转身。

"我带你去个地方。"

"哪？"

"安全的，别担心。"

"我没担心。"

这次陆晓刻意没有和陆梧并肩走，保持了距离。

陆梧带她上了天台。虽然不知道为什么天台的门没锁，但除了陆梧，大概也没有人会来这个地方。天台在其中一栋教学楼的顶层，和图书馆在同一栋楼里。

天花板是天蓝色的，好像把天空印在了脚下。踩上去时有些不真实。正午的阳光照射在天海蓝的瓷砖上，有些旋转的响声。好像这里的每一块瓷砖都传递着专属的秘密。虽然是初秋，但正午时分的阳光一也不甘示弱。

"坐这里吧，没那么晒。"陆梧很熟练地找到藏身的位置。

"这里可以上来的吗？"由于没有跟得那么紧，陆晓隔着挺远在跟陆梧说话。

"你走过来些，我听不清你说话。"

"我说——这里可以上来吗？"陆晓走近了几步，捂着嘴说。

"为什么不能？别担心，没人会发现的。我在这里少说四年了，从来没人来查过。"

"四年？你不是才高三。"

"我转过学，从县城来这儿，无论之前高几，都得从高一开始读。"

"那不也就三年？"

"我复读过。"

"哦哦……对不起……我不知道……你……"陆晓本来想接着往下说，陆梧这阵忽然地回答，让她也不知道从何问起。怪不好意思。

"没事。习惯了。不过还蛮少人就这么直接问呢。"陆梧笑了笑。

"对不起……"

"有什么好对不起的，不就是复读么。"

"我没经历过，不知道什么感觉。不过听起来还挺酷。"陆晓试图圆回来。

"更酷的是我去了大学半年。那和我想象的不一样。我退了学，重新回来高考。"

"天，那你比我大多少啊？"

"你的关注点还真奇怪。"

"不然我要问什么？"

"你猜。"

"不猜。"陆晓把第二个字拉得老长，以此传递她的不满情绪。

"你入学考试那天，我看过你的资料，没记错的话，我大你六岁。"

"我以为你要说我应该问什么。"

"你的关注点还真奇怪。"

相对无言。鹿山中学的中午，万籁俱寂，只能听到阳光照射的声音和发动机的轰鸣之声。嗡嗡嗡。隐形的震耳欲聋。闹得人心惶惶。可是那些午休着的人是体会不到的，在他们眼里只有忙碌着的分秒。他们听不见这些隐形的声音。

"你为什么会常来这里？"陆晓主动先开口，大概也是因为知道距离午休结束还有一段时间，沉默地坐着，更尴尬。

　　"外面太吵。"

　　"你是指？"

　　"所有地方。"

　　"同感诶。"

　　"那天那个男的，陪你来考试那个，是你的谁？"陆梧的口气，好像认识陆展叔叔似的。

　　陆晓沉默，继而又笑了。"你关心这个干吗？"但陆晓更奇怪的是，为什么陆梧会突然提起这一茬。

　　没啊，看你跟你妈互动还挺多的，跟他好像很冷淡。陆梧想要让话题轻松点，但这次他失控了。没有把握好分寸的玩笑，只能是伤害。

　　他姑且算是我继父，我认识他也没多久。

　　也是真的不熟，冷淡再正常不过，你满意了吗？把陆梧给惊到了，他不知道原来陆晓是可以说这么多话。

　　"哇，我还以为你不爱说话呢。"陆梧知道自己之前的打趣没有成功，又再次尝试。毕竟还是年纪大些，知道怎么把失控了的场面调整回来。

　　"你没回答我的问题！"陆晓把原来背靠着墙体的上半身移动了一小下，朝着陆梧的方向侧去。两个眼睛第一次直勾勾地盯着陆梧。

　　"诶别这么看着我嘛，我还以为你对我有意思呢。"陆梧偏头一笑，但立马又转回来："我这几年一直到在学生处帮忙接待入学考试，见到的学生和学生家长还不够多吗？何况站在那里，也没什么事情啊，观察还算得上一件不无聊的事吧。"

　　"变态。"陆晓顺势丢出两个字。白了陆梧一眼。

　　"才认识没多久，说话就这么直接的吗，学妹？"

"我看你是观察哪个女生漂亮吧。"

"是啊，那天在你后面来签到的那个女生就挺漂亮的啊。"

"没看到。不想知道。"陆晓把刚侧过去身子又侧了回来，头偏向另外一侧。发现身旁有几株苟延残喘的小草，她顺势拔了几根，在手指上绕圈。"——那你在这干吗，没去找你的漂亮学妹。"陆晓假装漫不经心地补充着。

"就是啊，怎么就在图书馆遇到你了呢？"陆梧遗憾地摆摆头。眼神里的余光没有离开过陆晓。

陆晓沉默，把手中的几根草绕着手指一圈又一圈，有些都快被扯断了。

"丁零零"。午休结束的铃声结束。

陆晓立马站起来，咚地一声撞在一根貌似隐形了、莫名突出来的栏杆上。痛吗，陆梧问。陆晓一边捂着头顶，一边往楼梯口走去。在头顶那个包红肿起来前逃离这里。她害怕再迟到。

"喂，下次有空就在这个天台见啊。"陆梧坐在原地，陆晓的脚步迟疑了几下，终究没有回头。往前跑去。

这阵铃声比大课间的铃声持续得更久。

拾叁
灵堂里外的二三事

往后在鹿城或鹿山中学的日子，因为有了陆梧的存在，显得不那么陌生。陆晓维持着和陆梧忽远忽近的距离，常常在天台或图书馆碰面。引来的蜚语开始会干扰到陆晓，到后来，她也不在乎了。

这和在叁水镇时的感受差不多，她总是不被大多数人接受。这又怎么样呢，陆晓心想。这只不过是大多数人的把戏，并不能成为真实的利器。

离开叁水镇后的几个月，陆晓外公去世了。正好碰上期末考试结束，陆晓随妈妈回了叁水镇，陆展叔叔开车送她们。知道消息的那一整天，陆晓整个人都是懵的。她来不及做出任何情绪反应，这一切就好像要过去了。

那天下午，刚好是班上在开联欢会，庆祝分班，因为鹿山中学的管理严格，年级每学期都会在期末进行考核。排名降低或上升的学生都会有相应的班级调整。

那次是第一次分班。同学们都不习惯。他们也不知道在之后的日子里，就会越来越习惯这样的分别，从而不再对每次分别都伤感不已。

外公的葬礼不算复杂，但陆晓第一次觉得离死亡如此近。

葬礼上，来的宾客陆晓大多都不认识。纷飞的纸花，烧灼的空气，嘤嘤的哭声。有些假，有些真。哭啼像是噪音，没有温度。

她坐在诺大的葬礼厅，来来往往的脚步声冰冷，陌生的哭声，抱怨着世界的不公，好人要受病痛的折磨。大多这么说的都是受到过外公的恩惠，比如经常来劳烦他修电子设备的那些街坊。宾客的脸假装严肃，很多从来没见过的亲戚也假装熟络，大多都是只能在葬礼或婚礼上才得见上面的面孔。

陆晓外婆一向性格坚韧，但在看到棺材那一刻，没有站稳，直接坐到了地上。那种哭声隐藏着极大的痛苦，具备时间的穿透性。陆晓看着她的背影，瞬间苍老不是一个传说，而是真实地发生在她的经历里。打羽毛球的那个外婆，和这个有着苍老背影的外婆并不是一个人。她在这天无数遍地告诉自己。

陆晓呼吸不过来，想到灵堂外透透气。她顺势从口袋里拿出还剩一格电的 mp3，取出一个的耳塞，往左耳里塞。准备按下播放键时，看到一个背影，有着一头不论多少年都不会被忘记的那一头秀发。

"沐艺姐？"

"嗯？"沐艺姐回头，比上次见面又憔悴了些，婚后带小孩的疲惫写在脸上。

"这里，这里。"陆晓挥着手，在挥手的那一下，陆晓也褪去了儿时的稚气。青春期就是被允许有用不完的颓废。加上外公的葬礼上，能用的力气都用在哭这件事情上了。

沐艺姐走近了陆晓这边，眯着眼睛看，才发现是陆晓："诶是晓晓！才多久没见已经是大姑娘了！"显然沐艺也是兴奋的，虽然这个情绪在葬礼这种场合上出现是不合时宜的，但陆晓觉得来参加葬礼的大多来宾也都是这种心情。上半辈子，见一生只能打几次照面的亲戚，说几句寒暄的话。下半辈子，却忙着跟只打了几次照面的陌生人告别。

"嘻嘻。姐姐近来都好吗？"陆晓迫不及待地问道。

"哈哈老样子，带带孩子，看着铺头。我听你外婆说你考上鹿城最好的中学啦？"陆晓听出这开头的冷笑是在嘲讽自己生活里琐碎的平庸。

"嗯嗯，已经上学了一段时间了。"但她选择不揭穿，陆晓维持着她超群的察言观色水平。

"恭喜你呀，姐姐也没什么礼物给你，之后回青禾四巷了，我给你准备个红包。"沐艺姐还是对陆晓很好，把她当自家妹妹一样对待。

"不用啦姐姐，你给我下载几首歌就行啦。"陆晓举起手里那个还剩下一格电的 mp3，在沐艺姐面前晃了晃，露出了发自内心的笑颜，虽然略显疲惫。

"你还在听这个 mp3 呢，现在手机功能都很齐全了。我看现在中学生都流行用手机听音乐了。"沐艺姐有些惊讶于陆晓还在使用已经过时了的 mp3，毕竟也去了鹿城，大概会更新一些习惯吧。

但她其实也同时知道陆晓念旧，就像她根本忘不掉青禾四巷的一切一样。陷入回忆的人都是不够勇敢的，她们好怕这最后一片思想空间的乐土都被夷为平地。被时间追赶着往前奔跑，所以外公的离去，又是时间给陆晓敲响的一记警钟。

"是啊，我用着挺好，就懒得换了。"陆晓没有说出口的是因为这个 mp3 里有所有沐艺姐给她下载的歌曲，她也舍不得丢掉。有时候听歌也听的不是旋律，是一段记忆；听歌这个动作也不是戴耳机，而是逃避现实的乘胜追击。

"真好。行，姐姐回去给你下载。"沐艺姐爽快地答应了，这一瞬间，她觉得那个熟悉的沐艺姐又回来了。

灵堂外下起了雨，下进心里，每一滴都粘着灰。灵堂前的水坑积雨越来越深，掺着人心上的灰，照映着每一个来来去去的门客脸。灵堂外有颗参天大树，挡住了更遥远的视线。树荫也遮盖住了步履匆忙的人的脸，仿佛不曾有人真的来过。

"你怎么会在这里？"陆展皱着眉头问沐艺道。

"我是她们家后巷的邻居。"沐艺姐明显想回问，但看到陆晓在身边，那句话在喉咙噎住了，没有问出口。

陆晓看出了端倪，却不想追究，很识趣地说："你们聊，我先进去帮我妈妈。"于是收起一格电的 mp3，牵出耳塞线的一端，准备往耳朵里塞，发现屏幕黑了。

陆晓留下一个，盯看着一格电都不剩的 mp3 的背影，小步跑开。好像逃离一个犯罪现场。尽管她完全不知道会发生什么，但是她不想介入这种不确定性巨大的纠纷，就当作从来没出现在灵堂外面过吧。陆晓心里想。

"你怎么会在这里？"沐艺确认陆晓离开之后，问出这句话。

"说来话长。"陆展把沐艺拉到一边，小心翼翼地回答道。

"那你倒是说啊。"沐艺继续盘问。

"这里不方便说，场合也不合适。你说你住她们家后巷子？我先把我现在的手机号给你，我们改天再聊。"陆展脸上明显露出了难色，躲躲闪闪地回避像极了送陆晓去鹿山中学考试的那天清晨。

他们慌张地交换手机留下联络方式。转头离开，去做自己应该做的事情。

陆晓明显已经小跑开来了，但可能跑的速度还是不够秘密传播的速度快，由于 mp3 没电，耳塞没堵住这几句话传到陆晓的耳朵里。她完整地听到了这一小段对话。就在她心想，她的母亲忙着外公的后事，根本没眼睛发现这种事情。他们大可不必如此慌张。

大概也是农村地方，是非总是会格外放大，他们小心行事是习惯性的了。基本上只要一个人做一件小事，都会有无数双眼睛在背后等着摄取这个秘密，好留作茶余饭后的谈资。仿佛是谁的眼睛捕捉的秘密越多，在叁水镇上就越吃得开。

"晓晓，你去哪里了？快过来，遗体告别仪式马上开始了。"陆晓妈妈面容上写着憔悴。每一句话都像是用尽了全部力气微弱地喘息着。

几乎同时，其他大人在灵堂的一侧喊着其他亲戚的名字，不是很大声，怕吵着谁似的。还拿着名字簿，就像第一天入学，老师和同学谁也不认识谁一样的点名。在这里几乎所有的指示都得照做，因为这是一个任何人都不熟悉的地方。也没有人会反驳。

大人说死亡是一件悲痛的事情，而陆晓觉得充满智慧的外公不希望看到这样哭哭啼啼、烟熏雾绕的景象。他是体面的老人。

陆晓从小是一个爱哭的孩子，但是去了鹿城之后，发现了很多事是哭也解决不了的问题。但在外公离开时，还是不争气地哭了。只是她哭得很克制，和那些控制不住情绪的大人不同。陆晓在用余光看到那些泣不成声的大人，狼狈的脸上留下泪痕，内心开始讨厌这些假惺惺的悲伤，甚至开始怀疑到底谁才是一个大人的角色。

在这个时候，陆晓哭不出来。内心巨大的悲伤也被隐藏回去。

陆晓即刻想到就加缪《异乡人》的开头预设：主人公的妈妈死了，而他在葬礼上没有哭泣。这在之后成为了一个是他谋杀母亲的呈堂供证。加缪觉得这个社会，要求人们一定要在道德上服从社会的预设，如果你不在葬礼上哭泣，这件事情就不道德。

陆晓觉得可笑，那这个眼泪为谁而流呢？是为了外公的离去，还是为了社会的道德期许？陆晓没有办法按照自己的方式去向外公传递自己的情绪，她感到不能呼吸。

遗体告别仪式结束，陆晓再次走到灵堂外，想喘口气。

这时陆晓收到陆梧的信息：怎么这几天没在学校见到你？

陆晓回复：有些私事。

陆梧接着询问：还好吧？需要帮忙么？

陆晓回复：不需要，谢谢。

陆梧没有再回信息。陆晓拒绝得干脆利落，大概也是不喜欢别人对她好，或者也是在这种情形下，她完全没有考虑回复的内容。

雨下得很均匀，好像时间被无限拉长了。

陆晓看到撑着伞准备离开的沐艺姐，她没有上前去叫住她，而是目送她的背影离开。陆晓藏在一个角落观察着她的背影，她发现沐艺姐和柿姐的区别，大概就是沐艺姐的背影里有一种悲伤，是怎么都无法挣脱的悲伤。

"我先载你和外婆回家吧。"背后有一声呼唤，有人轻轻地在背后拍了拍陆晓的肩膀。她回过身去花莲姑看到陆展叔叔也不算精神太好的脸，神色有些涣散。

"嗯。"陆晓也轻轻点头回应。

转头看见外婆在被一位大婶搀扶着，陆展叔叔看陆晓脸上的疑惑，顺势解释道："哦晓晓，这是你舅舅和妈妈新给外婆请的护工，你可以叫她花莲姑。"

"护工？什么意思？"陆晓更是不解。她虽然习惯家里的变化，但也还没有那么适应家里屡屡新添了"成员"。

"护工的意思是照顾老人的人，她以后就会住在青禾四巷照顾你外婆。你外公走了，她现在年纪也大了，没有个人照顾不行。"

"哦，那为什么我妈和舅舅他们不照顾？"陆晓反问道。

"……他们……他们工作忙嘛。照顾老人的事情，还是要交给专业的照顾人员做比较好。"陆展叔叔也知道大人说的很多话都不在理，大多都是强行找借口，给自己一个安慰罢了。

"我外婆也没有老到需要一个护工特地照顾的程度。"陆晓看了看远处，在和宾客寒暄的舅舅以及母亲，有些怒气地说道。

"你外婆她患了老年痴呆症……不要一个人照顾真的是不行……"陆展叔叔一开口就觉得自己说漏嘴了，他未必知道陆晓对外婆患病这件事不知情。话像在嘴缝里漏出来似的，没有控制住。

"老年痴呆症？？"陆晓没控制住音量，情不自禁地喊叫出来。

她不相信自己的耳朵。

花莲姑正在缓缓地搀扶着外婆走向陆展叔叔和陆晓所站的位置，也即是灵堂出口的台阶上。陆晓转头看到外婆越来越靠近的身影，扯着陆展叔叔的衣袖，示意他快点说，不然外婆就要过来了，有些话也不好说。

陆展叔叔自然是知道有些话不能说，他支支吾吾。被陆晓看穿，说道："叔叔，你以为你现在不说，我就不知道么，我可以去问我妈妈。"

陆晓妈妈这几天本来就隐忍着外公离世的巨大悲痛，陆展叔叔担心如果陆晓在这个时候提起外婆的病情，会雪上加霜。于是选择先告诉陆晓："是的，老年痴呆症。上个月你外公病危入院的时候，检查出来的。其实医生说现在是初期，但这个症状伴随你外婆已经有好些年了，脑在慢慢萎缩。"

"那现在外公去世了，外婆这个精神状态不是会加剧病情吗？"陆展叔叔以为陆晓听了之后会过度反应，没想到她反倒很理性。

"我们也在担心……所以你舅舅决定让我们先带外婆回去休息。"

陆晓搀扶着外婆坐上了陆展叔叔的车。陆晓明显感觉到外婆受过伤的膝盖，连带着那条没有受过伤的腿也一起软了。她无法直立。陆晓用双手托着外婆的胳膊肘，生怕她三步两步没踩稳，跪在地上。

"我不走！我不走！"陆晓的外婆知道自己走出了灵堂，准备上车前，开始扒着车门大喊。

"阿婆阿婆，你先上车坐一会，我们不走，不走。"花莲姑在旁边搀扶着，有模有样地护着外婆的头，生怕她撞在车门框上。

"我不管！我不要坐在车上！"陆晓的外婆并没有降低音量，还是竭力嘶叫着。

"阿婆，要坐一会，一直站着容易晕的。"陆展叔叔也在旁边好言相劝。

陆晓站在旁边看到这个情形，拿出了手机，在网页搜索上打下五个字：老年痴呆症。

陆晓偷偷地用右胳膊挡着屏幕上的亮光，网站跳转出来，资料显示：

老年失智症又名阿尔茨海默病，是一种在正常意识状态下，丧失智能能力的表现之疾病。阿尔茨海默病是一种脑部疾病，会造成脑部神经细胞逐渐丧失。由于脑部神经细胞负责思考、记忆及行动，阿尔茨海默病造成病人渐次低下心智功能，最后有可能影响到日常的生活活动。阿尔茨海默病临床症状有几个特征，例如记忆力丧失、失语症、缺乏方向感、易走失、思考能力及判断能力丧失，进而无法与人沟通，无法日常生活，有的会甚至会有攻击性行为、躁动不安、多话、多吃等。随着时间进行，阿尔茨海默病病人，最终甚至连最基本的日常生活能力也会丧失，像是刷牙、穿衣及洗澡等。

陆晓沉默着、不知所措。她不知道为何眼前的外婆一下变得极其陌生，在她们之间横亘出一条很大的沟壑。陆晓站在外婆面前，却好像她们的记忆被丢掉了一样。每看多一眼都增添一分陌生。

花莲姑和陆展叔叔终于把外婆哄上了车。因为担心外婆晕车，所以也没在原地停留多久，陆展叔叔缓慢地启动油门。这时外婆已经精神恍惚，不再拥有正常的判断。只是在车开出一段距离时，嘴巴里开始念叨着："老化，退化，僵化，火化。"不停地重复着这些字眼。陆晓听着异常难受。

她从未觉得如此难以呼吸过，包括妈妈告诉她，父母离婚了，她要搬离叁水镇了，甚至是有了陆展叔叔这个继父，到了鹿城，换了新学校，都没让她体会到如此窒息的境地。她脑海里也还回荡着网站上那些冷冰冰的描述语。

车又开出了一小段距离，陆晓分明感觉到车速不稳，她后视镜看了看神色有些慌张的陆展叔叔。顺着视线看到挡风玻璃外的小路边上，沐艺姐骑着单车在过一段泥泞的小路。坑坑洼洼的泥地在下了小雨之后，更加不好骑行。

他似乎小心翼翼地在后面跟行，不敢按喇叭，闹出动静。陆晓是能察觉出端倪的，但是她识趣地没问出口。快开到宽敞柏油路上的岔路口时，陆晓把头转向了一直在念叨的外婆身上，避免和沐艺姐有视线的交汇。她不是怕直视沐艺姐，而是不想让三人都再陷入一次已知的尴尬。

开上柏油路面后，陆展叔叔加了油门，从后视镜里能看到是渐行渐远的灵堂和那条泥泥泞泞的小路。陆晓转过头来看着外婆的侧脸，皱纹都堆积在一起。短时间内消瘦憔悴的速度之快，是陆晓不想承认的。陆晓以前听说老夫老妻在其中一方去世之后，另一半会迅速退化。她是不相信的，直到她经历着车上这一幕。

"我们这是去哪？"外婆突然停止念叨，开口问道。

"外婆，我们回家呀。"陆晓也用着仅存的一些力气安抚着外婆。

生怕她情绪又不稳定。

"回家？刚刚那里就是我家啊！刚刚那里就是我家！"陆晓的外婆不断念叨着，反复地在脑子里确认这件事情。

"不不，外婆，那不是我们的家啊。那里是……那里不是我们的家……"陆晓一开口想说那里是外公的灵堂，但意识到这样会再次刺激到外婆，于是她没有说出口。但她没想到，在转换答案的那一刻，她自己也情不自禁地落泪了。

"那里是啊。那里是。"外婆很真切地看着陆晓，握住她的手。

"那里不是，外婆，我们现在回青禾四巷。青禾四巷才是我们的家啊，外婆。"陆晓反复劝说着。她生怕外婆陷入刚刚在灵堂时的那种崩溃。

"青禾四巷……青禾四巷。"陆晓看到外婆脸上闪过的都是悲伤的念头，毕竟那里有了他们几十年的记忆。她和外公两人在那里看着孩子们长大、成家、立业、有了自己的小孩，成长也是分离的过程。

他们两老又看着孩子和他们的下一代离开这里，到外面的世界去打拼，他们不再全程参与孩子的生活。后来的青禾四巷就只剩下两个老人相依为命。外公突然一离开，青禾四巷里剩下的只有悲伤的回忆。

"外婆，你记不记得小时候你给我讲的老虎外婆的故事哟？"为了转移外婆的注意力，陆晓便提起来那个她一直好奇的老虎外婆故事的下半段。

"青禾四巷……"外婆嘴里重复着，并没有搭理陆晓的意思。

"外婆外婆。"陆晓用手摸了摸外婆的肩膀。她不知道原来外婆也可以如此脆弱。神伤的样子也让陆晓心疼。曾经坚强的外婆在此时此刻消失得一干二净。陆晓仍不相信原来顽强的外壳是可以在一瞬间灰飞烟灭的。

"外婆外婆，你给我讲过这个老虎外婆的故事呀，只是我不记得这个故事的下半段了。我讲给你听，你帮我回忆回忆好不好啊？"陆晓也强忍着失去外公的痛苦，在车上缓和着外婆的创痛。

外婆不说话了。她点了点头。微微地。陆晓好像受到了莫大的信号，觉得瞬间有了能和外婆一起记忆起这个故事后半段的希望。

"那外婆，我开始讲了啊。一只小鹿和自己的外婆住在一个鹿村里，鹿哥哥和鹿姐姐因为跑得太快了，小鹿经常跟不上他们的速度，所以小鹿经常一个人玩，在河边听着 mp3。有一天，小鹿听说村子里来了一只老虎，专门变成别人的外婆。小鹿很害怕。在这个时候她隔壁村的小伙伴小熊告诉她了一个鉴别真假外婆的方法，如果外婆是老虎变来的，那么嘴巴左下角就有一颗痣。这个就是老虎外婆了。"

陆晓抓了抓头："至于故事的后半段，小鹿到底有没有找出答案，我尝试着记了好多次，却怎么也记不起来。"陆晓从思考到失了焦距的眼神里穿回来，看向外婆的眼睛，寻求支援。

外婆似乎接收到了这个求助信号，她好像也在脑海里努力了，但在情绪和记忆力的双重打击下，她没挣扎多久，放弃了。车上的三人看到外婆神色若失的样子，都不作声了。想着也快到家，先稳定住外婆的情绪为上。

车晃晃悠悠地开进青禾四巷的窄道。只有非常缓慢的车速才能顺利通过，陆晓以前经常觉得青禾四巷是一条很宽敞的路，她在巷子里追着哥哥姐姐屁股后面跑的时候，从没觉得它窄，而今天却异常觉得逼仄。好像夹着巷子的墙壁都萎缩到开进一辆车也会担心被沿壁给刮蹭到。

雨天的冷落，暗沉的天色，加剧了这种提心吊胆的心跳。

外婆嘟嘟囔囔，车里的空气很厚重，氧气稀薄。

陆晓无法呼吸，就像她觉得再也记不起那老虎故事后半段一样。

拾肆
真相的两个版本

葬礼结束的第二周，陆晓和妈妈回到了鹿城。而陆展叔叔说要留在鹿城有些事情，陆晓和她妈妈自然是知道他要去做什么事。但只有陆晓知道的那一个版本才是真相。而她妈妈被通知的那一版未必。

舟车劳顿，回到鹿城的这一天晚上都在下雨。湿冷的空气顺着门缝溜进了房间。窗外打了几声雷，陆晓感到头疼不适。吃了几颗感冒药就头晕脑胀地躺下了。在睡意朦胧间，她感觉到手机屏幕时不时地亮着。

她希望是陆梧，她能感觉到是陆梧。

她没有去拿手机，而是想把这阵药劲儿挨过去，用一些音乐安抚自己。摆在窗台上的小型播放器跳转到蔡依林的《天空》，里面唱道："我静静地望着天空，寻找着失落的感动。"

这时，窗外一阵前所未有的大雨，大到窗外一片朦胧。雷声密不透风，不知道天空里的谁又有了脾气，肆无忌惮地发泄着。陆晓曾经从风里懂得了飘摇，懂得了守口如瓶，却没懂得男女之情。她不懂得如何修复被她自己的冷冰冰的语言，给伤害了的感情。在过去的一周里，她一直在等陆梧的消息。

在这时，陆晓房间的门被敲响了，是妈妈。

陆晓起身去开门，母亲站在门口，用非常疲惫的眼神望着陆晓。

"感冒好些没？头还晕么？"陆晓妈妈细声细气地问道。

"嗯，吃了药，睡一觉就好多了。"陆晓寻思着可能是播放器的音量开得太大了，引来了妈妈的关心。

"那就好。那就好……"

"妈，你有事？"陆晓察觉出母亲还有话要说但是没有说出来。

"妈妈有些事想跟你说。"她的语气倒显得很平静。

"好。"陆晓感觉得到妈妈的心事比她想的多。

陆晓跟着妈妈去了客厅。出房间门的时候，顺带关上了自己房间的门。她不想让这些悲伤的时刻都流进她最私密也觉得最能保护她的小空间。

"什么事，妈？"陆晓先开了口。因为感觉到妈妈的为难。

"你在鹿山中学读得开心吗？"

"还行吧。读书就那样，没有什么开不开心的。"陆晓知道母亲想问的不是这个问题，但既然打开了话匣子，就先顺着她的意思走吧。

"有没有想过，如果能去一个更好的地方学习，会更开心？"陆晓的妈妈试探性地提出。

"你是说转校？"

"嗯。"

"转去哪？"

"英国。"

她提出这两个字的时候，陆晓想到没想过这两个字组成的词会是她人生中的一个答案。她的不解和困惑第一次浮现得如此明了。她一点也察觉不到会是这样一个回答。

"……这么突然……"陆晓根本没想好要说什么。还沉浸在诧异中。

"你先别惊讶，听妈妈来跟你分析。"陆晓妈妈比任何一次都要冷静，这让陆晓感到更加不安。很多次谈话都是这样一个情景下进行的，她们母女俩，面对面，坐在空无一人的客厅里。如果没有人说话，安静得能听得到房子里每个角落发出的呢喃。

"第一，你在鹿城是没有户口的，你没有办法在这里进行中考高考。你还是要回到叁水镇去。第二，妈妈可能也想换个环境。会申请技术移民，跟你一起出去。"妈妈很耐心地解释道。

"为什么你要出去工作？那……陆展叔叔呢？"陆晓明显还觉得母亲的话里有话，或者有些话没有直接告诉她。

"你陆展叔叔……大概是不会再跟我们一起生活了。"母亲好像忍住了泪水，也好像是因为最近外公的离去，使得她流完了所有的泪水。干涸的泪腺只是一个摆设。

"为什么？？"陆晓以为母亲不知道那个真相，但她开始怀疑自己的判断力。

"他……"陆晓妈妈没有说出口。她本来不打算说出口。可是陆晓的问题次次都问的直击要害。

"和他没跟我们一起出来的事情有关吗？"陆晓没有放弃追问。

"嗯。"母亲又陷入了简短的沉默。

"是什么？"陆晓继续追问。

"他没跟我说真话。"母亲松了口。

"他说什么？"陆晓迫切地需要知道答案。虽然她知道她有足够的证据，却还想再次确认真伪。

"他说什么不重要，重要的是他骗了我。"

陆晓不喜欢这个只说了一半的答案，就像外婆告诉她的老虎外婆的故事一样。她记不起来故事的后半段，直到外婆患上了阿尔茨海默病之后，就没有人再来揭开这个谜底。

"你可能觉得妈妈告诉你这些很残忍，但妈妈真的也没人可以倾诉。你是妈妈最亲的人。以前我还能跟我的母亲说，现在你外婆她什么都记不得，也不知道了……"说到这里，陆晓的妈妈终于绷不住了，本来以为干涸的泪腺，也还是会决堤。啜泣声越来越大。

陆晓手足无措，她最不会安慰人。她只能把手放在妈妈没有擦眼泪的右手上，轻轻地握住。

外婆在患上阿尔茨海默病之后，就再也很难跟母亲谈天，帮她排忧了。她说的很多事情，外婆记不起来，也给不了回应。

这在外公去世前的一阵子已经有所显现，陆晓妈妈经常提起一件老事，外婆记不得发生过什么，又或者家中买了新的电饭煲，妈妈电话里教外婆如何使用，教了五六遍，外婆第二天还是会打电话来询问怎么操作。现在外公走了。外婆的状况更是每况愈下。

母亲打算从这个家中搬出去。陆晓是没有什么所谓的，反正她对这个暂住的地方是没什么感情的。只是舍不得住在对门的陆柿姐。相较母亲的痛苦而言，没有什么比沉默更能帮助到她的了。于是，这种选择就像一把双刃剑，刺进了陆晓的体内，是让她感受到了剑背、剑面的温度。

"妈，你跟我说吧……我在听着……"陆晓当然知道陆展叔叔骗妈妈的是什么。但她想知道细节。

"你沐艺姐是陆展叔叔在鹿城时的学生，你知道么？"陆晓妈妈缓和了些情绪之后，说出这个真相。

"啊？"陆晓嘴巴长的很大，显然她只知道那个秘密的皮毛。

"嗯，你沐艺姐中学毕业之后，来鹿城的一所职业技术学院上中专，陆展叔叔是这所院校的老师。正好教沐艺姐。"陆晓妈妈心里好像已经接受了这个事实，阐述起来并无太大负担。

"这么大个城市，也是挺巧的。"陆晓顺着妈妈的话接下去。

"但他们……之前不只是师生关系，还是……"陆晓妈妈有些犹豫。

"是什么？"陆晓不是太明白。

"恋人关系。"陆晓妈妈有很成熟的一个教育方式，大概是不避讳地，引导陆晓接触成人话题。这也是青春期教育的一部分，不可缺失。

"这是……师生恋？"陆晓绝对属于思想早熟的孩子。

陆晓妈妈解释说，他们两人之间产生的情愫，被他人视作为师生恋。在那个年代，师生恋是不伦的。哪怕他们相差小于十岁。这和年龄无关，和道德有关。于是他们被唾弃，特别是沐艺姐。

之前听叁水镇上的老人们都说，她没毕业就回了叁水镇，陆晓只觉得那是闲言碎语，如今想想看，不是没有道理。她讨厌任何形式的语言暴力，所以她不站在任何一边。于是选择暂时性沉默。

陆晓的沉默并没有给母亲带来帮助，反而让她痛得难受。但这样痛的可能也是一种彻底解脱。谁知道生活是不是充满了反转。只是一切都来得太快了。这一年，陆晓仿佛面临着人生里所有的变化。在她还没学会要如何面对前，大人们就先叫她学会接受。就像她马上要离开鹿城，去英国一样。

但不要忘了一把双刃剑说到底它还是一把剑，刺进去、拔出来就是会有伤痕、之后会留伤疤，时时刻刻都会疼痛。

拾伍
"什么时候有空"天台

回到鹿城的第二个星期，陆梧约陆晓到一个家附近的天台见。

陆晓从来不知道那个荒废的楼顶上，还有地方可以供人谈天说话。她选择相信陆梧的判断，毕竟对于鹿城他比较熟。

他们在荒废的大楼天台上坐着，周遭都是脏兮兮的青苔。看着对面天台上的晾衣架，稀稀散散地横架着，有些被单在风中飘摇，很好看。朦胧的夜是冬天特有的谜语，等待着低温把这一切都冻住，这样就不会有人把它们传开。也只有这样的时刻，这些秘密才真正属于自己。陆晓和陆梧都这么想。

"对不起。"陆晓支支吾吾地讲出这三个迟来的字。

"为什么？"陆梧有点明知故问。这也是他擅长的。

"收到你信息那天，是我外公的葬礼。而且……我那时候也刚知道我外婆有阿尔茨海默病。"陆晓犹犹豫豫地说出了一串信息量很大的话。

"我没有怪你。我知道你肯定有你的原因。"陆梧反而表现出理解。

"你知道吗，我外婆就快要什么都不记得了。"陆晓淡淡地说着，好像这一切都与她无关。

"我外婆已经什么都不记得了。"陆梧笑了笑。

"你外婆也是阿尔茨海默病？"陆晓好奇了。

"嗯，晚期。谁都不记得了。"陆梧望着天空，冷冷地说道。

陆晓沉默了一会，她不知道如何接上这句话。因为她深知自己得知外婆患上阿尔茨海默病时候的感觉，所以她同情陆梧。但她也知道陆梧不希望看到她同情他。于是她选择了沉默。

"大人说这病是老年失智症，还有的更失礼地说这是老年痴呆症。但我在网上查学名是阿尔茨海默病。呵呵。"陆晓想开个小玩笑，缓解气氛，结果情不自禁地冷笑把气氛烘托得更微妙了。

"呵呵。"没想到陆梧跟着陆晓一起冷笑着。

"你是外婆带大的？"陆梧过了一会问道。

"嗯。"陆晓点了点头。陆晓看着陆梧的眼睛。从侧面看睫毛的弧度很好看。就像刚认识他的那天一样，翘翘地，很冷艳。

"我也是。"陆梧眨了一下眼睛。好像睫毛上有的希望都被抖落了，再次张开时，只剩下漠然。

"我是独生子女，从小外婆对我最好了。"陆晓觉得要接上话茬，不然很容易被发现她在观察陆梧的眼睫毛。

"我不是，我有个哥哥，大我十二岁。"陆梧似乎没察觉出来陆晓在观察他，好似陷入了某种回忆。

"怎么没听你提起过。"

"没什么感情。"

"那也比独生子女好一些吧，像我多寂寞呀，除了我妈，就是那个叔叔。"本来气口停下来了，又补充了句："他们两个都是无聊的人。"

"你不懂，有兄弟姐妹也有其他的烦恼。"

"哦？怎么说？"

"说了你也不懂啊。"

"你不说我更不懂啊！"陆晓明显被比她大的那些人的谎言给骗多了，她不再想被动地接受别人想给就给、不想给就藏着的信息了。她这次选择了主动。

"其实有时候我觉得我很冷漠。我觉得血缘只是一个多余的证明，反倒束缚着有血缘的人的生长。我在家排行老二，我哥在我出生前几乎拥有全部的宠爱。我好像是家里多余的那个。"陆梧很平静地说着这些在他内心深处最痛的东西。

"一般的二胎家庭，都会疼第一个孩子更多。我的父母只疼他，根本不关心我。无论我的学习好还是不好，不知道我是否喜欢某样东西。我喜欢的东西，只有当我哥说喜欢的时候，我爸妈才会买，我才勉强可以看或者使用。"

"你知道吗，有一次，我坐电梯。我刚下课，我哥刚下班，我先走进的电梯，我哥在后面追到电梯口来。但电梯门已经缓缓关上了。就快要关上门的时候，我哥的手从外面伸了进来。也不知道那天的电梯是不是和我一样冷漠，直接关上了。电梯门失控，直接夹紧了伸进电梯门缝隙间的手指，中间三根手指被夹出血。我当时就站在电梯里，面对着伸进手指的哥哥，在缝隙间可以看到他狰狞的五官。由于疼得咬牙切齿，电梯缝隙里不断闪动着他单个的五官，看得很清楚。但我内心并无任何波澜。"

"原来你这么冷漠。"陆晓不太相信这是陆梧的本来面目。

"其实，晓，我比起你更没有选择的余地。"陆梧感叹着。

陆晓沉默不语。她还没有想完全暴露自己除了外公外婆、离开叁水镇之外的软弱，至少不是现在。

这天晚上的月亮特别圆。陆晓看着这轮月亮，很多话到了嘴边又往回咽。她不想给陆梧增添别的负担。其实这一天是陆晓的农历生日，虽然她自己从来不过农历生日，也记不得。但外婆总会按照叁水镇上的习俗给她过农历生日。自从外婆失去记忆之后，她再也没有了过农历生日的概念，反而没想到月圆这天，还多了一份伤感。

天台顶上是夜色拥护者的选择，陆晓不知道为什么对鹿城的夜色总没有看叁水镇夜色那么带劲。看着鹿城的夜色，思绪是不会万千转动的，它很冰冷，冰冷到陆晓完全想象不出一个完整的虚构。这个既熟悉又陌生的城市，她完全知道许下的愿望不会帮她完成那些缺乏的东西，只有对愿望的尊重会。

其实陆晓不喜欢过生日。她觉得大多数人觊觎生日，是因为生日之前的时时刻刻的无助、担忧、庸碌都会被洒进雨里、车水马龙里，借助这一天的酒精消解着之前的多虑。

这时，来往的喧嚣都成了城市的背景。这和陆晓到第一次到达鹿城的那天晚上一模一样。好像整个城市消了音，投入一种纯粹的朦胧，为自己庆祝、狂欢。他们躲在每扇窗户背后做出夸张的表情和嘴脸，狰狞的面目。闪耀的霓虹是对彼此的防备。陆晓完全吃不消这种虚妄的场面。想到这里，生日就越过越悲伤。许的愿望也无以为继。

"成长不就是认清这件事么？"陆晓沉默了许久后回答陆梧。

"我会失去外婆和她的记忆，我会离开叁水镇，会离开鹿城……"

陆晓意识到自己脱口而出了一件陆梧还不知道的事情，她迅速合上嘴巴，迟疑地用余光看陆梧的表情。

"离开鹿城？你要去哪？"陆梧和她想象的一样反应机敏。

"没没，口误。"陆晓解释道。

"你就说吧，我还不了解你，一有心事就支支吾吾。"陆梧全然忘记了他刚刚说过受伤更多的人是他这回事。

"我妈可能要送我去英国了。"陆晓低着头，玩起了手指。

"什么？！"陆桔话还没到嘴边，眉头已经皱得不行。疑问全写在了脸上。

"嗯，去英国。"陆晓好像是鼓起了勇气，要把这个她也刚被告知的决定告诉陆桔。

"这么突然？"陆桔的语气里还是充满了不相信。

"别问我，我和你的反应一样。"陆晓的无奈也写在脸上。

"所以才会说之前那些话？"陆桔可能才反应过来，为什么陆晓今天答应来这个天台。

"是啊，不知道你现在愿不愿意相信，我比你更没有选择。"陆晓傻傻地笑了。

陆晓坐在这个掌握着鹿城夜色的天台顶上，俯瞰着这里大小的故事，和不同的人曾从这些街道上经过，而这里出现过的人，也都在天涯沉淀着他们的过往。

"为什么？"陆桔想要知道答案。

"理由太多了，说多了反而变得没有必要。"陆晓搪塞道。

"随你。"陆桔侧过头去。显然不是很开心。

"所以你和你哥现在还有联系吗？"陆晓不想让话题就冷在这里，又一次试着打开话匣子。

"这些年，我也没怎么跟他讲过话。我肯定是不会原谅我自己做过的坏事情，但要我原谅他也是不可能。"陆桔眼神里有了一些平时没有的肯定。大概是很多话说不出口，或者也没人可以诉说，突然说出心声的这一刻，显得笃定和释放了许多。

夜色已经完全将他们包围，他们坐在天台边上，回味着被过去无意中伤害过的点点滴滴。只是他们都没想到，每一句话都能揭开一道伤疤，直到互相遍体鳞伤为止。陆晓一直觉得他们之间的感情很微妙，都是靠揭开对方伤疤之上建立起来的。可是这却让她觉得异常可靠，她也不知道从什么时候开始依赖这段感情。

"不早了，我送你回家吧。"

他们沿着废墟楼前面的小路往回走，路灯摇摇曳曳，把人的影子拉得很长。晚风顺着耳朵边上吹过，说着它也偷听到他们的秘语。

"以后我们有空就来这个天台吧，就……叫它'什么时候有空'天台吧。"陆梧提议道。

"好啊，是比学校那个天台安全多了。"陆晓说的时候看着陆梧的眼睛，用说笑的口吻。

"喊，那是你第一次跟男生单独相处吧，自己内心不安全，怪学校天台？"陆梧不屑地口吻却有些小得意。

"……少得意了"陆晓瞟了他一眼。

"也对，也不知道，你去了英国后，什么时候才有空来见我等草民哦。"陆梧半开玩笑半讽刺道。

陆晓听了不舒服，想告诫陆梧别这么说。但前面有个更长的影子被陆晓踩在了脚下，她抬头望去，原来是陆展叔叔，站在距离楼下不远的路口。她看了看身边的陆梧不在，回头望去，他停在了两米开外的斜后方。他直愣愣地看着陆展叔叔，不做声。

他们两个相望了蛮久，陆梧喊出："哥。"

陆晓站在他们中间，那刻的风吹得眼睛看不清楚任何人的表情。

拾陆
三个人的客厅

回到家，关上房门。那一刻，陆晓才想起在她离开叁水镇的那个夏天，陆展叔叔开着车的手，手指握在方向盘上，中指和无名指上明显的长疤痕。

她无数遍在脑海里闪过陆展叔叔脸上尴尬的神情，和在殡仪馆见到沐艺姐时的表情一样。表情的相似性，给了陆晓很多肯定的回答。

陆展叔叔在敲她的房门，她没有作声。她不知道这个同住在一个屋檐下的男人，还能带给她和她妈妈多少伤害。她想逃离。她想这一刻就跟妈妈离开鹿城，远走高飞。

陆晓站在窗边，戴上耳机，点开 mp3。播放了那首《外面的世界》。第一次到鹿城的时候，她站在同样的位置，保持着同样的姿势，但她已经不是原来的她了。她内心似乎更容易得到宽慰，或许是经历的失望多了，期待也就低了。很多的突如其来，不再成为她的困扰。

耳机已经盖不住房门外的争吵，陆展叔叔和妈妈两人的声音让耳机里的音乐都成了伴奏。陆晓并不知道有什么值得如此大动干戈的，显然她知道他们为了什么而争吵，只是她并不觉得这件事情值得这么做，或者从根本上来说，是陆展叔叔这个人不值得她妈妈这样生气。

陆晓脑海里又重复了一遍在外公葬礼上，灵堂外的那些瞬间。陆展叔叔和沐艺姐所有的秘密都在死亡面前开诚布公。没有人能幸免。

这时，陆晓房间的门响起。门被妈妈打开。她摆了摆手示意陆晓出去客厅，随手又关上了门。陆晓以好像被老师叫到办公室去一样的姿态跟在后面，坐在沙发上，没有人先开口。

"等你第二学期上完，我们就准备去英国。"陆晓妈妈开口了，但假装平静的语气，让陆晓觉得辛酸。

"行。"陆晓知道这不是一次讨论，每次都不是。这是母亲想好了，已经和陆展叔叔大吵之后的结果。她也不再像小时候那样反驳，而是接受。

陆晓下意识地看了看陆展叔叔。他坐在饭桌台边，抽着烟。饭桌顶上的吊灯放得很低，光线昏暗，从他口里吐出的烟圈，层层叠叠，缭绕在他周围。这个背影里藏着太多心事，也藏着太多深不可测。陆晓想进一步了解这个人，却也被他层层叠叠的秘密给惊吓到。

"我们还会在这里住到离开鹿城。"陆晓妈妈大概是看到她眼神里的话语，她在思考陆展叔叔的去留。

这个单方面的决定拍板得轻快又沉重。妈妈用很轻快地口吻给她下了一个最后通牒，沉重的是她从来没准备好的心底防线。这时，她听到窸窸窣窣地开门声，对面的柿姐从外面出差回来了。

她草草地应了母亲，回了房间。拿出手机，给陆柿发了短信。

拾柒
面对否定，拥抱肯定

第二天，她们约在鹿香书城二楼的一间咖啡店。

她们各自点了一杯薄荷茶。

她们找到一个靠窗的位置，看着窗外的行人来来往往。

陆晓这次来找柿姐，而不是直接到家对面敲门，是因为她并不想这些心事被妈妈或者陆展叔叔其中任何一个人听见。她知道陆柿也是年初刚从英国留学回来，不过她是在那边读完了研究生，工作了两年后才回到鹿城来。在她知道自己即将要出国后的一段时间里，这个担忧一直没有解开。她想问柿姐，一个人背井离乡，到外求学，到底是一个什么心情。

"柿姐，我要去英国了。"

"这么突然，要去多久？"

"还不知道呢。"陆晓在陆柿面前，才有了本该有的青年的天真，不用强装镇定，也不必学着成为大人。"但能够去到'外面的世界'看看，想想就开心，但同时也有点焦虑。"

"我刚出去留学的时候，也是这样的心情。对新鲜事物的期待，同时又有对未知的焦虑。"

"诶，柿姐，在你刚刚离开鹿城，去到'外面的世界'时会不会也有同样的心情呀。"她接着追问。

"我啊，曾经去英国是因为一个男孩子。其实家人觉得不靠谱。当时还小，没有什么概念。"

"真的啊，原来柿姐经历这么丰富。"陆晓表现出她想听故事的好奇。

"那时候年纪还小，恋爱脑。觉得有喜欢的人，并且为喜欢的人奋不顾身，是一件很酷的事。后来去到了英国，一切都没有想象中那么简单。"陆柿扶了扶肩膀上滑落的围巾。

"那你后悔过么？"陆晓双手握着茶杯，静静地问道。

"曾经在你这么大的时候后悔过。但现在不了。"陆柿脸上露出从容地笑颜。

"怎么说呢？"陆晓当然好奇陆柿是如何从陆晓变成陆柿的。

"小时候会在乎得失，是因为自己放下了一切去追求自己想要的爱情，牺牲很大。但后来就发现，没有什么是不值得放下的。我去了，回来了。我都拥有过美好，没有什么是不能放下的。如果能放下，才是真的成长。"陆柿娓娓道来。

"如果在你个年纪有这样一个想法，就好了。"陆晓看向窗外，想象着一些可能会经历的画面。她觉得她做不到。毕竟她喜欢的人都在鹿城和叁水镇，她担心她的离开，漫长到让记挂她的人都忘了她的存在。

"其实吧，这个过程需要你自己去经历，经历过了你就知道出口在哪里，或者到底有没有出口了。就像一只小鹿闯入森林的黑暗，只能迎着光的方向奔跑。从"失去光芒和方向"的迷失，到"坠入森林深渊后的懦弱、恐惧与害怕"，到最后调动出勇敢的本能，不断地奔跑，向着光的方向寻找。"

"所以，柿姐，这是寻找的过程吗？"

"我等你去'经历'完后，回来跟我说喔。"

她们相视一笑，看着稀疏的星空。深紫色的夜空是她印象中这座城市的底色。陆晓在鹿城的时间不久，但是这个城市与生俱来的陌生感就这么住进了她的心底。她开始依赖这种陌生感，她上瘾，她无法自拔。她害怕。

在她陷入过深的思想困境前，柿姐开口拯救了她，把她拉回现实的边缘。

"正好最近在筹备书店的事情，我刚从巴黎进一批原版的法国文学书回来，都是限量版，我给你留上一本带去英国？"陆柿抚了抚自己的头发，温柔地说。

"有加缪的《异乡人》么？"

"没有。"陆柿并仔细回想了，很坚定地给了这个答案。

陆晓轻轻补充了句："哦没事。"淡淡笑着。

"晓，没有什么东西可以给你答案，需要自己从那个困境里走出来。每个人都一样。"柿姐的眼睛里温柔却坚定的一些东西往外流露，深切地感染着陆晓。

陆晓沉默了一会。

柿姐借故说去洗手间，手机留在了桌面上。中间进来一条信息，写着：您上个月提交的《异乡人》退订申请已成功。

陆晓才知道陆柿姐刚刚说的是什么。没有什么能够成为陆晓的武装，只有真正的面对和勇敢可以。也许这背后的潜台词是，她应当先走出那个否定选择的困境，面对了否定，才能拥抱肯定。

拾捌
年夜

跟柿姐道别后的第二天，陆晓跟着妈妈回了叁水镇，陪外婆过实际意义上的最后一个春节。自打外公走后，外婆把自己从一个连轴转的永动机模式调整到了静音模式。

从前，她每天可以有一个唠叨、担心的对象，就像是有一大堆做不完的事情。这些旁人看似没必要的操心，实际上为老人的晚年生活罩上了保护色。他们自己知道如果没有这些无谓的担心，生活该会有多无趣。

而一对相依为命的夫妇，到了晚年，如果有一人先去了，另一个人会挣扎在一种寂寥中。就像你曾经在年轻的时候把自己的另一半灵魂交付出去，又在后半生要把它收回来一样。这种冥冥之中的寂寥感，使得老人陷入一种困境。他们在回忆的恬谧和现实的荒诞中左右，久而久之，没有想明白的事情，就集成了神经网上的灰，而人们叫它：老年痴呆症。

她很反感网上的人，或者那些没有素质的大人说这个病是"老年痴呆症"，或"老年失智症"。难道一位失去伴侣的老人，在怀念过去和释怀当下的交织间出现了挣扎，这件事情就不值得被尊重吗？

是的，外婆已经出现了记忆力丧失的症状，几乎认不出陆晓是谁，也没有办法回应。她的行动力也丧失了，没有办法走路，大概这就是失去了"所有自由"的人。

陆晓也不知道为什么，随着年纪年岁渐长，会越来越记得小时候的事情，或者说有关外婆年轻时候的样子。比如说，小时候，午觉睡醒后，外婆总会和表哥在前巷里打羽毛球。他们打得很好，陆晓总是学不会的样子。回忆越清晰，她也就越不能接受现实。

一到年末了，小节日就很多，大概是靠着小节日来驱走寒意。偶尔会有炮竹声响起，巷尾的老人摇着摇椅，躲在家中的保温袋边上。小孩跑来跑去，像是不害怕严冬似的。摩托车开过巷口的声音听起来很生涩。陆晓走到巷子口，看到去年春节贴在门上的福字就要脱落了，胶水干得没有了粘性。

"外婆，我回来啦。"陆晓回到青禾四巷，推开门第一件事是先寻找外婆的踪迹。发现家中没有人，她回头望向妈妈。

"噢这个时间点，可能是推去大榕树下了。"陆晓妈妈下意识看了看正对门口的那面老钟，即时这个地方再陈旧，这面钟还是记载了陆晓一家从外公外婆时期，祖祖辈辈在这里生活的印记。

"那现在时间还早，我们要不走去大榕树那找外婆？"陆晓顺势也看向这面钟，给妈妈建议道。

妈妈也觉得时间尚早，顺道去接陆晓外婆回来也好。她们把行李放在客厅靠墙的位置，锁上门，往大榕树的方向走去。沿路经过推着碗粄车的大婶，撞见陆晓和妈妈回来了，亲切地打着招呼。还有五米外，坐在小板凳上修鞋的李伯伯，十几年如一日。

自打陆晓出生，就在这里修鞋。陆晓主动叫声"李伯伯，过年好！"引得他抬头，笑容满面。路上闲逛的人还很多，大都是前后巷的街坊，趁着年夜饭前出来，再看看有什么没买齐全的。

中巴车、小轿车、摩托车、单车、小货车，都急匆匆地开过，赶着回家去早点吃上年夜饭。平时这条街上，噼里啪啦的机械杂音也消停了。已经过了下午贩卖的时间，最热闹的时候就已经过去了。陆晓妈妈看到正在菜摊子边上挑葱的曲英姨，也喊了声。她很快就认出陆晓和她的妈妈，她们寒暄时，背后吵吵嚷嚷的声音越来越大。

只见花莲姑和梁姨推着一个轮椅，陆晓外婆坐在轮椅上。她们三人在外散步往回走。花莲姑推着一个空轮椅往前走着，轮椅上挂一个铁瓶，一把蒲扇，一条毛巾，一个草帽。

梁姨跟在后面慢悠悠地拿着扇子扇着自己。时不时地侧眼留意一下左右侧地铺头，看看有没有标特价的内裤内衣，好给自己添上几件。要么就是用余光看看是不是有老头子注意她今天换了个新发型，麻花辫辫到了一边，向人展示一点自己的变化，两步一停，三步一侧脸，四步一回头。这种掩盖不住的得意，从她那缕着头发根部的手指稍上都能感觉得出来。

"你能不能走快点？还要不要做年夜饭了，一会家主该回来了，看我俩在外面晃悠，不挨骂就怪咯。"花莲姑特地停在两块地砖缝合不密的路面上，对梁姨大喊。

"我这不是在走着吗？"梁姨没有马上回答，顿了一下，才应她。

"走？你这叫走？"花莲姑就是看不得她什么事都不做，要她搭把手。结果听到梁姨那歪里歪气的语调，气不打一出来。

"我这怎么不叫走。喔，每个人还都得跟你走的一样难看才叫走。"梁姨对她也是没好气，在外虽说要顾及些面子，但也一时半会忍不了。

"你——"花莲姑又被一句话塞了回去。

"好了好了，别说了，赶紧往前推吧，别一会屋主说是我动作慢。"梁姨一副恶人先告状的气势，别说花莲姑，就连旁人都看不过眼的。

"怎么赶紧，你没看到这里有个坎过不去啊？你不来一起抬，这家是只有我一个人做事吗？"花莲姑用脚用力踩了踩地板，踩在那个断裂开来的砖上，粉尘都扬得有一米之高。好似她的气焰。

"不就抬个轮椅的事吗，至于绕那么一大圈来说我。"梁姨一听，原来是要帮手抬轮椅啊，眼珠子快翻到了天上去。

"有这个功夫翻白眼，你倒是动手啊！"花莲姑顾不得跟她绕弯子了，催促她道。

花莲姑到底还是个热心肠的人，别看她嗓门大，火气足，说话难听刺耳，内容直接。但是要她干起事来，有一说一，有二做二的。

梁姨则不同，她是一个爱横着讲话的人。她喜欢在一个话题上打转，但从来不会让你看到她的真心思。和这种人生活在同一个屋檐下，得提防，也不敢冒犯。梁姨吧，嫌弃花莲姑没文化，嗓门粗，做起事来重手重脚，没个分寸，总的来说不是个体面人。

花莲姑看不惯梁姨时不时的妖媚劲，快五十岁的年纪，还整天想着要在村子里的大爷身上找存在感的骚气。每天花在自己身上的时间比在陆晓外婆身上的时间要久多了。照顾老人这件事，在她那里，几乎全凭心情。

梁姨也是个说话要算计三分的人，她知道什么话，要怎么说，对什么人，说什么话。这个伎俩也让她在邻里间的关系里，处的比花莲姑要好。但日积月累，很多以为鲜为人知的秘密，也就透明了。这些纸包不住火的伎俩，总是有被燃烧掉的时候。

陆晓老远就看到她们俩了，只是想远处观察一下。她还蛮享受"敌在明处，我在暗处"的感觉。只见，两人已经将陆晓外婆从那个槛上抬起了。继续沿着马路边往前走着。她们还有几步路就走到陆晓和妈妈站的这个路口了。

妈妈还在跟曲英姨寒暄。好不容易过年回来一趟，家长里短的，总是没完。梁姨故意地拖慢了几步，转个身，拿出随身携带的小镜子，照了照眼角，顺着脸颊的线照到了颈部。拾掇清楚后，又若无其事地转回身去，在花莲姑发现之前，抿了抿嘴唇，小步跟上前去。花莲姑心里也明镜似的，早也习惯她这些小动作，都懒得理睬了，有些事情她也就不那么较真了。

"诶，这不是晓晓吗？？"花莲姑的嗓门一吼，整条街的人都知道陆晓回来了。

"哎呦，还真是。晓啊，诶你们怎么这么早就到啦，我还以为你们要晚饭点才到呢！"梁姨对花莲姑的声音反应是最强烈的，她话音还没落，梁姨就几个箭步走到了陆晓边上。一只手握住陆晓的手肘，假装激动地说道。

这时在一旁和曲英姨聊天的妈妈，也马上反应过来，转身看到坐在轮椅上，头歪向一侧的外婆，和两张谄媚的脸。陆晓妈妈和曲英姨作别，径直走向陆晓外婆的轮椅。在轮椅的右侧蹲了下来，握着外婆吊在轮椅把手上的左手，轻轻抚摸着。

"妈，我们回来了。"陆晓妈妈的语气很温柔，满脸溢出耐心。一遍又一遍地抚摸着外婆的手背。陆晓看到外婆的手晾在袖口外，没有戴上手套，指关节有些通红。

叁水镇的冬天虽然温度不低，但湿冷绝对不比真的寒冷来得容易。这种钻进骨髓里的冷才是最难熬的。陆晓稍稍握紧了拳头，表示她的愤怒。她立马转身，走到刚刚经过的年底甩卖摊，寻找手套的身影。陆晓全然不顾花莲姑和梁姨在后边叫喊她的名字。

"别管她。常常想一出，是一出。青春期的孩子都有主见的很。"

陆晓妈妈起身，对着梁姨和花莲姑说道。其实妈妈也知道陆晓大概率是去做什么，当她握住那双被冻红了的手时。只是面对两个护工，很多事情不好表露得很明显。在乡下，该圆的场子都得圆，不然那层纸捅破了，一不留神，坏心眼都得传遍全镇。

"妈，给外婆戴上吧。"陆晓伸出手，把手套递给妈妈。

"你戴吧。"陆晓妈妈知道陆晓疼惜外婆，她也知道陆晓马上要去英国，可能看见外婆的次数越来越少。把有限的机会都让给她。陆晓了解妈妈的心意，便蹲在妈妈刚才蹲下来的位置，给外婆戴上这副手套。

"哎呦，我就说，这些孙子辈的孩子当中，就属晓晓最孝顺。"梁姨两个手的手指尖，握住自己单个麻花辫的发尾，上下上下这么捋。一边搔首弄姿，一边谄媚。陆晓没有抬头看，她也听惯了这样的说法。搞不好对每个孩子都是这么说，毕竟梁姨是出了名的会装，哪怕再不喜欢一个人，表面上的和气，还是要做足。

"她是。在鹿城的每一天，还老是担心外婆，不知道她的外婆现在过得怎么样"陆晓感觉妈妈就是借着陆晓的名义，评价两个护工的工作。梁姨最机警，马上听出话里有话。花莲姑也是察觉出来，反而傻哼哼地回应着。

"有什么好担心的，还怕花莲姑照顾不好啊？"花莲姑拍了拍陆晓的脑袋，趁陆晓在帮外婆戴着手套时。

"是啊，别操心了，我们好着呢。再说了，你们远在鹿城的，哪操得上这个心，你说是吧，花莲姑？"梁姨顺势而上，把话茬接过去。

"就……就是啊，我们都把阿婆当成自己妈来照顾的，别担心！你们在外忙，好不容易回一趟家来，就该舒舒服服地过个年！"有了梁姨撑腰壮胆，花莲姑的嗓门又提起来了。生怕别人不知道她们俩照顾得尽心尽力。从这点上来看，她俩在遇到问题，一致对外上，达成了共识。

"时候也不早了，咱们早点回去吧。一会该来不及做饭咯！"梁姨两腿二话不说往前迈，真把这个当作自己家的气势，令人憎恶。

花莲姑也满意地点点头，伸手去够轮椅的推把手。只见陆晓三两步，从半蹲的姿势，转到了轮椅背后。

"我来吧。我难得回来一次。"陆晓握紧了轮椅把手，开始往前推。她发现外婆比以前推起来轻了。虽然陆晓的力气不大，但对于推外婆这件事情来说，她却卯足了浑身的劲。

"哎呦，要不说晓晓是最孝顺的孩子呢。小小年纪就这么孝顺，你有福气啊！"花莲姑对着陆晓妈妈一顿表扬。谁都知道花莲姑的心思，但陆晓妈妈也就微笑应付着。

陆晓推着外婆，花莲姑跟陆晓妈妈并排走在轮椅的两侧，梁姨像在前面引路似的，不同的是，收敛了些平时家主不在时的招摇。

从大榕树下那回到青禾四巷，陆晓推着昏睡在轮椅上的外婆走进了巷子拐口，隔壁曲英姨的老公祥伯公在家门口的藤椅上坐着。虽然巷子里什么风景也没有，但老人们好像从来不在乎这个，能在家门口的窄巷子里坐一下午。时间总是很好打发。

"祥叔，过年好啊！"陆晓妈妈先看到门口的祥伯公，隔着好几米，提前打个招呼。隔壁的祥伯公和曲英姨，也是看着陆晓妈妈长大的，所以两家关系和感情都挺好。只是自打陆晓外公离世，外婆得了阿尔茨海默病，陆晓一家也搬走后，两家的来往也逐渐少了。也就每次回家才会聊上几句。

"诶！回来陪你妈过年啦！"祥伯公一脸慈祥地笑着。

"是啊，有时间当然是要回来的。诶晓晓，快叫伯公好！"陆晓妈妈转头向着陆晓说道。

"祥伯公好。"本来一个人推外婆就很吃力了，加上青禾四巷凹凸不平的沥青地，更是雪上加霜。但礼貌的问候还是要，特别是在重要的节日。于是，陆晓抬起头，减缓了推轮椅的速度，问了声好。

"才多久没见，又长高了！"祥伯公说道。其实在叁水镇，老一辈的人对时间的判断，就是依靠孙子辈的身高来丈量，孩子多长时间，长多高。稍微间隔久一点时间没见，长高速度在老一辈人这里都是肉眼可见的。

"就是太瘦哦，要多吃点才行。"梁姨也顺势假装语重心长地叮嘱道。

"一会姨婆给你多煮几个菜哦，听你妈说你爱吃腐卷，姨婆特意早上去买了好多哦，新鲜的，你多吃点！"花莲姑可能怕梁姨把好人的头衔给抢了去，急着插话关心道。

"时间不早了，祥叔，还得给我妈冲凉。您也早点准备准备年夜饭啊！"陆晓妈妈比较注意着时间，看着渐渐暗下去的天色，巷子里也没那么光亮，该是四点之后了，便提前结束寒暄。当然，在叁水镇，只要遇到熟人，一条只需要走五分钟的路，都能走上两个小时。一路走走停停，寒暄不停。

"是是，一家人难得团圆，好好陪陪你妈。"祥伯公挥挥手，又是扬起慈祥的标准笑脸。

"那你慢慢坐啊，我们先回家给阿婆弄点水喝。"花莲姑说着就在裤腰带间掏钥匙，叮叮咚咚，钥匙串的声音很悦耳。

陆晓和妈妈一起把外婆及轮椅推上了门槛，推进了家门。门一推开，一盏天花板角的灯，把坐在椅子上的外婆影子拉的很长，其他摄取不到光线的角落，特别是昏暗的里厅安安静静。

"阿婆，你外甥女回来咯。你睁开眼睛看看她啊！"梁姨在旁边先打破了这幽暗的僵局，鼓吹的姿态令陆晓厌烦。外婆没有理会陆晓，也没睁开眼睛。

"外婆，你还记得我是谁吗？"陆晓非常用力地咬着每个字。她怕说得太快外婆听不清她在说什么。

"你外婆早就不记得咯。"梁姨在旁边煽风点火。

陆晓不知道她和外婆之间的对话，简单到只剩下这几句话。即使这样简单，也没有得到回应。陆晓不想揣测，妈妈在叫外婆"妈妈"时，外婆也不回应，妈妈是什么心情，但一定不会比她好受。

梁姨则是假模假样地，立刻说去做晚饭。其实是想早点吃完早点离开，回各自的家中过年。

"你一天天的偷懒，怎么！家主回来了，就在这里表现！"花莲姑被气得，骂人的气势盛之又盛。可是气焰盖过了表达，导致本来想说的话也没完整说出来。

在情绪管理上，梁姨一直控制地比花莲姑要好。

即使她对陆晓的外婆不冷不热，但在陆晓和其他家人面前，永远是一副假慈善的样子。很容易被人拆穿，但没有人会当面指出。捉不到现成的把柄，永远都要装瞎子。

"你着急什么？我不就是想帮帮你吗，两个人一起准备比一个人来得快啊。"梁姨就喜欢看花莲姑气急败坏，特别是她一着急就嘴笨的样子。

"是啊，花莲姑你一个人做这么多人的饭，也不容易，一起做还热闹些，大过年的。"陆晓妈妈顺口接了句。她显然也知道两个人都不是什么好人，谁都想恶人先告状。

"说的也是啊，那我可得加入你了。正好陆晓你们回来了，你可以在这里看着外婆。"因为陆晓和妈妈回来了，梁姨顺势而上，把自己唯一看着外婆的责任也拱手让出去。两人应该已经盘算着尽早离开，这样她们俩可以回自家去过年。

陆晓侧头一看，靠着墙角的楼梯口那放着她们早就收拾好的行李。好像随时要临阵脱逃的架势。

叁水镇的吃饭时间还是异常的早，或许这才是陆晓习惯的时间。晚饭过后，花莲姑和梁姨便提上早就收拾好的行李回去了。诺大的屋子里只剩下外婆、妈妈和陆晓对影成三人。

夜幕降临，陆晓和妈妈睡在一张大床上。外婆在另外一张床。那个被蚊帐罩着，漆黑一片的床上。曾经老虎外婆的故事就是在那里被记住又被遗忘的。两床蚊帐薄薄的，却阻隔了山海。外婆拿着手电筒在捶门，木门上很多道划痕。陆晓在睡梦中听到窸窸窣窣地敲打声。她在阵阵敲打声中醒来，看到蚊帐外有影子在来回地动。陆晓起身，看到外婆坐在门边。

外婆一边敲锤着一边说："这不是我家，这不是我家，我要回家。"陆晓才知道她从来没有办法释怀，心里的那个家随着外公的离开离去了。

陆晓的妈妈应该是太乏累了，她并没有被这些动静吵醒。陆晓也不打算叫醒她，决定自己去扶外婆回到床上。她蹑手蹑脚下了床，走到外婆身边，对外婆说这里是她的家，要她别害怕。

"啊啊，对不起对不起，我错了……"外婆好像突受到了惊吓，对陆晓说的话反应很大。外婆越发狂躁。陆晓开始害怕。她摇醒母亲，母亲睁开眼睛看到散乱的蚊帐，立马直起身来，同时问陆晓外婆怎么了。

"对不起，对不起，我错了，给我点水喝，好不好……"外婆用几近央求的声音在哀求着陆晓和她的母亲。

当时是深夜，屋子里没有灯，暗暗幽幽。陆晓不知道母亲有没有哭，但她落泪了。她不明白为什么好好的外婆，会变成了现在这个样子。在那一刻，她真实地觉得失去了外婆。

陆晓指了指坐在地上的外婆，她侧着头靠在木门上，用手电筒敲打着把手。她想逃走。她想。为了逃出这道锁住她与回忆相接触的门，她用尽了力气。直到如今将它们全部忘记。

　　陆晓妈妈见状，马上下床，叫陆晓一起将外婆扶起身来，扶回床上去。但是外婆的下坠力太重了，陆晓和妈妈根本难以将她扶起。勉勉强强接着墙体的支撑，跌跌撞撞地将将她送回床上。

　　期间，外婆哀号声不断，好像是疼痛，但未必是肌肤之痛，更多的是心伤。她失去的远比表面上看到的多。除了记忆之外，可能还有更重要的东西，比如自由和尊严。

　　外婆在挣扎，一直喊着："对不起，我错了，给我点水喝吧。"陆晓心痛。她妈妈更是。她掏出手机，拨打了花莲姑家里的座机。

　　"花莲姑，我妈晚上睡眠怎么样？"陆晓的妈妈没有直接将刚刚发生的事情全盘托出给花莲姑。而是选择套话。

　　"平时啊？……平时睡觉很安稳啊。"她还假模假样打了个哈欠。她以为她平时看电视剧看到半夜的事情没有人知道。活出一副掩耳盗铃的样子也是可悲。陆晓心想。

　　妈妈喘着大气，一是生气到一时半会不知如何回复，二是刚搬完外婆累得上气不接下气。她试图掩盖住惊骇地悲伤。

　　"怎么了吗？"花莲姑顺势再问，第一次听到她的声音里有小心翼翼的成分。

　　"没，就是我妈大半夜爬下了床，到门边上去了！"陆晓妈妈声音提高了几个分贝，但担心吵到隔壁的邻居又刻意压着。

　　"啊……阿婆又爬下床去了……"花莲姑自然反应里的又字出卖了她。

　　"又是什么意思？意思是她之前老爬下床去？"陆晓妈妈迅速抓住把柄，质问道。

"啊……不不，不是经常……偶尔一次两次……"花莲姑的声音越来越小，虚弱到根本听不清后面几个字。

"那你之前怎么不跟我说呢？！"陆晓从来没看到妈妈生这么大的气，哪怕是和爸爸离婚那天下午，或者是和陆展叔叔吵架那天晚上。她心里有股浓浓的火止不住地往外喷似的，而陆晓感同身受。

"这……"透过电话，都能感觉到花莲姑，在电话那头的心绪不宁。

陆晓不作声，但心如刀割。原来外婆在过去的一段时间里都是这样度过的，她终于和外婆有一样的错觉了，她也觉得这里不是她生活过的那个家。外婆其实从一开始就是她们的摇钱树。她在花莲姑和梁姨面前，不再是一个人，而是一个工具。她们只需要在家主在的时候，学会装模作样，大可瞒天过海。

她无法入睡，她想尽一切办法去抵抗现实的错乱。她无能为力。只有在她像影子一样融入黑夜的时候，才拥有了片刻睡眠。这绝对不是一个好的大年三十夜。

拾玖
大榕树下

陆晓第二天起来时，发现沐艺姐在家。今天是大年初一，家家户户都在串门。但自从陆晓和妈妈离开青禾四巷之后，就很少人再来这个家。除了沐艺姐。

沐艺姐她提了一篮新鲜水果，过来探望外婆。陆晓还没有下楼，就已经听到她那温柔的声音。通过声音也能勾勒出她的模样。只是听起来略带疲惫，但貌似比之前在外公葬礼上见到那次要明朗些。

她和陆晓妈妈在讲话，内容都是妈妈在询问沐艺姐外婆的情况。毕竟沐艺姐就住在后巷，时不时会来家里照看外婆。她轻手轻脚地走下台阶，走几节，停一会，生怕沐艺姐和妈妈发现她在偷听她们讲话。

"哎，幸好你住在后巷，不然也是不知道能拜托谁了。你说我们平时工作也忙，真是麻烦你了。"陆晓妈妈非常热情，反倒没有之前那种芥蒂。可能是因为需要的沐艺姐帮助，她也就懒得捅破那层暂时还不明了的纸。

"哪里哪里，阿婆从小也看我长大，我这是举手之劳，应该的。"沐艺姐非常谦虚，拥有着闪闪发光的性格。

"你说我们这些做子女的都没办法在身边照顾，反倒要拜托那些外人，哎……"陆晓妈妈长叹一口气，呼出很多无奈。但她和沐艺姐之间对答如流的现状，让陆晓惊讶。她大抵也能看出妈妈的私心。

"我把阿婆当自己的外婆在对待的，我反正接完孩子放学，都会顺路过来看看阿婆。你们在外工作、读书的，也放心些。"沐艺姐也知道，外婆一直拿沐艺姐当自己的孙女一般疼爱。

听她这么一说陆晓和妈妈都同时松了口气。当然，也只有她们知道昨天晚上发生的事情，陆晓妈妈应该也没有打算要告诉沐艺姐的意思。她能做到的，只能是尽量嘱咐沐艺姐多关照。

"沐艺姐。"陆晓从楼梯上走了下来，但她不像妈妈那样，可以掩饰住秘密。青春的脸上写满了疑问或答案。

"晓晓，起来啦。新年好啊！"

"新年好。"陆晓好像还没睡醒，说话有点有气无力的。本来挺喜庆的问候语，被陆晓一说，反而丧了许多。

"诶，十点了，该推外婆出去散步了。"陆晓妈妈看了看身后，挂在墙上的时钟说道。

"我也要去！"陆晓突然醒过来，语气激动，眼神有光。

"你还没吃早餐呢你去！"陆晓妈妈边说边走到厨房去，给她端出一碗，不正宗的酱油鸡蛋炒冷饭。陆晓愣了一下，右手接过筷子，左手接过碗。

"我吃得很快，你等我一下。"

"不是我等你，是你沐艺姐等你。"

"啊？不是你推外婆去散步吗？"

"不是，我们不在的时候，都是你沐艺姐常陪着外婆去散步呢。"陆晓妈妈带有表扬的语气对陆晓说道。

"啊这样啊，我都不知道……"陆晓把头埋到饭里，有点不太好意思看沐艺姐。其实心里早就道了一声"谢谢你，沐艺姐"。

"小事啦阿姑，不值得一提！"沐艺姐还是很谦虚，任何事情都不张扬。就这点来说，陆晓还是佩服的。只是同时带来的，是她隐藏了很多的秘密，陆晓总也看不透，她到底是个什么样的人。

"先吃点东西再去吧。"还没等陆晓内心的小九九都过一遍，沐艺姐又笑弯了月牙地，对着陆晓说道。

陆晓点了点头，筷子扒动地更快了。其实她怀念这种被关心的温柔，这才是沐艺姐熟悉的模样。而不是陆展叔叔和妈妈吵架言语里的那个"第三者"。

陆晓吃得很快，不知道是因为沐艺姐在等待，还是妈妈今天这碗酱油鸡蛋炒冷饭，炒得异常好吃。米粒和热乎乎的油粘合在一起，加上酱油的鲜甜，鸡蛋翻炒适度的浓香，简简单单的搭配，却满是童年的味道。

妈妈在一旁边说"吃慢点，别噎着，"陆晓就吃的越快。三下五除二就把碗给扒拉干净了。

"我们走吧！"陆晓放下碗和筷子，站起来对沐艺说道。

"走吧。"沐艺姐也站起来，伸手去推外婆的轮椅。她手里提着一个袋子，将袋子里的暖水杯和一把伞淘了出来，挂在轮椅的把手上。

"真是细心啊沐艺。"陆晓妈妈也看到了这一举动。想必是非常感动，一个外人，比自己照顾自己的妈妈还要细心。

"哦，没有没有，查了今天的天气预报，说可能会下雨。我想带把伞保险点。杯子里装了些温水，外面天冷，阿婆有些热水喝，总是好的。"沐艺有些不好意思，但也没有掩饰自己的心细。

这么一对比，用脚都能看得出，沐艺姐对外婆的关心，超过那两个护工的一百倍。陆晓心想。同时，也有点愧疚。感觉之前曲解了沐艺姐。其实就像妈妈说的，陆展叔叔和沐艺姐的恋爱是在鹿城谈的，要说谁是第三者，按时间线来看，两段感情之间都相隔了好几年。只不过是巧合，都遇见了彼此。虽然陆晓年纪轻轻，但想明白这个道理，总是比同龄人来得更快。

"照看好你外婆啊！"妈妈还是比较担心地叮嘱道，毕竟在她眼里，陆晓始终还是个小孩。虽然她从来不知道陆晓有多心思缜密。

"哎呀，知道了，啰嗦。"陆晓走出巷子好几步了，回头对着站在门边的妈妈说。看到妈妈的那一刻，她觉得妈妈老了。说不上为什么，但原来老是瞬间发生的。

陆晓和沐艺姐一起推外婆去大榕树下。大年初一的叁水镇，很热闹。人来人往，叫卖声此起彼伏。大家都早早地就到镇子的大街小巷上，串门拜年也好，闲逛寒暄也好，总是有做不完的事情。

热络的氛围是陆晓久违的，在鹿城待久了，还是怀念这种吵杂人味。陆晓这次回到叁水镇，不仅是探望外婆，也看见自己。从青禾四巷走到大榕树的距离不远，但她们走了好久。

"上次你外公葬礼，匆匆一见，都没来得及深聊。你现在怎么样呀晓。"沐艺姐先打开的话匣子，而且直接点题，一点迂回都没有。结婚后的沐艺姐，沉稳、有主见得多。想必要操持的家事不少。

"挺好的呀。交到了一两个朋友。有一个住在我们家隔壁的姐姐，和你差不多大，她是开书店的。她很漂亮，人也很好。我回来前，还见过她。"陆晓好像找回了些曾经和沐艺姐连结的那个按钮，她试探着按下去，于是开始娓娓道来。

"那就好，交到朋友就好。哦……住你家隔壁啊……"就在陆晓打开心扉的时候，沐艺姐突然犹豫了。

"是啊，我的邻居。"

"那你们家现在就你和妈妈住吗？"沐艺姐试探性地问出了这个

最想问的话。她也没有选择拐弯抹角，而是单刀直入。

陆晓面露难色，意识到之前说错话了。传递了不该传递的信息。

就这时候外婆开始咳嗽，她们俩意识到光顾着聊天，没有照看外婆。

她们找了一个树荫，停了下来。沐艺姐取下挂在把手上的暖水杯，倒了一点到杯盖里，轻轻吹着。接着送进外婆的嘴中。她现在不知道该如何面对沐艺姐。

陆晓看到她对外婆的好，心存感激。但另一方面她知道她们大人间的秘密，还要继续伪装成无知的小孩吗。她不解。

"阿婆，来喝水。"沐艺姐很有耐心地一点点等外婆喝完。外婆闭着眼睛，默默地吞咽着。

"我们抓紧点吧，一会中午了，太阳太猛烈，也不好晒着你外婆，你说是吧。"沐艺姐把水杯盖子拧上。握着轮椅的把手，往前推去。

"好。"陆晓跟在后面，看着外婆花白的头发和沐艺姐那一头秀发上的一些银丝，不知道是因为今天阳光太好，还是岁月太催人老。从背面看过去，沐艺姐也老了。

"阿婆，来啦"坐在树下的老人们，看向外婆轮椅的方向喊着。

"诶沐艺，今天怎么还多了个小姑娘来哦！"一位大婶笑嘻嘻地走到轮椅这边来。

"这是妹妹吧！"另一位大婶凑上前来补充道。

"是啊，是我妹妹，也是阿婆的外甥女——晓晓，刚从鹿城回来。"沐艺姐直接承认了陆晓是她的妹妹这个举动，似乎有些打破刚持续的僵局。

"哦呦，这么厉害啊，在鹿城上学啊。"大婶听到作出惊讶状。实际心里想的未必。

"阿婆，醒醒啦，太阳好晒哦，睁开眼睛看看！"沐艺姐脸凑到陆晓外婆面前，摸着外婆的脸说道。

"阿婆，你外孙女回来看你咯。你好福气啊，这么好的两个孩子哦！"大婶的附和没完没了。

"还是什么反应没有啊，也是难为她老人家。痛苦啊！"另一位大婶拍着陆晓外婆的肩膀，而这时外婆有了些反应，眼睛一瞥一瞥地，好像示意着她的厌恶。

"阿婆阿婆！"看外婆有所反应，这位大婶推的更厉害了。边说边推操着陆晓外婆的肩膀。

"外婆，我们去看看那边的菜田，好不好啊？小时候外公经常带我骑车经过这里的呀。"陆晓看得心疼，她想象得出来，平时要是沐艺姐不在这，两个护工推着外婆出来散步的场面。她立马推着轮椅的把手，远离了大榕树的树荫。

陆晓知道外婆也一定觉得这些人多管闲事，这里的人，总说一些不相干的话，惹人注目。殊不知只能引起烦闷。但对于这帮三姑六婆来说，每天在大榕树下的小憩，都是开始八卦模式的第一步。就像是一场战役，为自己争夺在村民中的地位而努力着。

陆晓把外婆推到一个面朝菜田的地方，不朝着人的方向。那些老人都默认为她不能跟他们交流，也就没再理会陆晓外婆。她一人，一轮椅，面对着一片看起来不像有人常常耕种的菜田。稀稀拉拉地挂着几根菜叶，田地贫瘠，瓜果也不饱满了。身后是叽叽喳喳地八卦声，一棵榕树斑驳的树影隔开的是两个世界的宁静与喧嚣。

阳光越靠近正午，影子越短。陆晓外婆的沉默守着一平方米的寂静，悄无声息地耷拉着脑袋。也不知道这些在树下的人，怎么判断时间的流逝。好像一坐就能坐一上午，饿了才回家准备午饭。

而陆晓站在原地，看着沐艺姐又再次打开水杯，给外婆喂水。停下来的时候，昨晚外婆扒在门边，声声地道歉，又刺痛着陆晓的心。

她仿佛能看见过往日子里，成为背景中一部分的外婆，没有人喂她喝水，没有为她人扇扇子，没有人帮她换尿不湿。她只是耷拉着脑袋，流着口水，消耗着时光。

贰拾
再见，青禾四巷

大年初七过后，陆晓和妈妈准备回鹿城。只是陆晓没想到陆展叔叔还会开车来接她们母女俩。看到停在大榕树下，靠着车门边上抽烟的陆展叔叔，便想到在客厅椅背上的那个背影。他的正面藏着太多秘密，背面也掩盖不住这种沧桑了。

妈妈在屋子里喊陆晓的名字，要她进屋，检查行李收拾好没有。陆晓走回屋子里，看到在椅子上坐着的外婆，昏昏欲睡着。想必昨晚上又没睡好吧。

陆晓握着外婆的手，轻轻地吻着她已经皱起来的手背。她还戴着陆晓爸爸在结婚时的那个玉镯。原来的玉镯在她手上显得小，怎么摘都摘不下来。那时候外婆还跟陆晓和表哥开玩笑，说这个玉镯恐怕到她死去也摘不出来了，完全地卡在了手腕上。

一眨眼快十年过去，原来外婆的手腕可以细成这样，细到曾经以为永远解脱不出来的玉镯都快滑落了。

"无论在外面打拼多艰难，只要想到还有这个妈，我就觉得我还有家可以回。"陆晓妈妈发自肺腑地对两位护工说道。眼圈湿了。陆晓在一旁看着如此伤心地母亲，也一时间慌了神。只见在一旁的两位护工，更是不知如何是好。神色恍惚中，带着愧疚。

"你放心好了，我们照顾你妈像照顾自己的妈，不会有半点闪失的！"花莲姑答应得头头是道，让人信以为真。

"是呀，你们安安心心去忙，有我们在这。"梁姨在一旁假惺惺地补充道。陆晓心想着，就是因为有她们俩在那里照顾外婆，她和妈妈才不放心的，她们心里没点数吗？

"那我的外婆就拜托你们照顾了，记得给我外婆多喝水。"陆晓没有理会她们俩虚情假意，反倒是把自己想说的内容，夹在客套话中。

妈妈估计是听到"记得要喝水"这句叮嘱，撑不住了，先走出了门口。不想让两个护工看到自己脆弱的一面，毕竟要维护好一个家主的颜面。

陆晓握着外婆的手，看着她褶皱的嘴角，微微抖动着。她看得入神，却不停地被梁姨的声音给吵醒。梁姨摇着她的肩膀告诉她赶紧出门去了。

陆晓很反感。因为她知道她即将要去英国，远行意味着聚少离多。而外婆的时间所剩无几，她想好好再看多几眼外婆脸的轮廓、脸上的皱纹、眼角的泪痕。因为她知道这有可能是最后一眼。

陆晓想忘掉这个世界的纷扰几秒钟，而周围全是催促她离开的声音。无论她怎么叫外婆，外婆也没有答应，甚至没有睁开眼睛看看她。她好像被强行带离了青禾四巷。上次离开她还能哭得出来，而这次她真的体会到，什么是课本里写的欲哭无泪。

陆晓穿过青禾四巷，她想再稍微留恋这周围的人事物。现在的她太害怕遗忘，害怕像外婆那样失去生命中的所有。陆晓坐上车，想起上次坐车离开那棵大榕树时，外婆还能被搀扶着站起来，走动几步。

她就站在树下望着车离开的方向，她什么也没说，但目光殷切，一寸也没离开过车身。

而陆晓这次再离开，大榕树下已没有了外婆的身影。

贰拾壹
再见，鹿城

　　回到鹿城，快到三月份了。鹿城的季节更替很明显，春天的来临总是大张旗鼓。嫩芽在枝柳上冒出了头，路边的小黄花个顶个的摇晃着花蕊。

　　回到鹿城，陆晓上学的路上，常常经过一座天桥，她站在天桥上看底下车水马龙的主干道，时常堵车的城市交通，交通广播时时播报路况，高架桥上的忙忙碌碌。城市里欣欣向荣的生长氛围，才是这座城市最有力的推动者。

　　陆晓还是照常去学校，没有告诉任何人她要去英国的事。周围的同学还以为这种同学关系是稳定的，可是只有陆晓自己心里清楚，变化是随时的。

　　这学期陆梧来找她的次数少了，一是因为高三的冲刺阶段，课余时间也短。这是他的复读，他也不想有闪失。虽然他也知道，哪怕他再一次陷入不理想的成绩困境里，也不会有谁真的为他失望。自己的内心过不去罢了。但内心里的那堵执念墙才是最难推倒的。

　　二是因为之前陆晓跟他打招呼，直接通知他，她就要去英国的事情，让他还耿耿于怀。但陆晓又怎么能将各种隐情说出口。也许很多年后可以，至少不是现在。她也不想因为她自己的事情影响到正紧张备考的陆梧。

陆晓因为害怕受伤，所以对于任何一个人她不敢投入百分之百的情感，像一个刺猬一样把自己缩在壳中，没有人看见她的伤口，也不会有人敢真正的靠近。而那个唯一能跟她说上话的陆梧，也还在生她的气。

他明显感觉到自己也在被陆晓身上的刺，推着往外走了几步，他们之间的距离拉开了几米，他似乎觉得自己也不是特殊的那一个。陆晓不对任何人主动打开的心房，他也是走不进去的。

"斩断的牵挂越多，心痛的时刻越少，没有什么不好的。"陆晓心想。她常常趴在教室走廊尽头的栏杆上，看着楼下郁郁葱葱的大树，枝叶繁密地透不过气。

她看到阳光一缕缕地照下来，拼了命地想要钻入大树的怀抱，但是阳光不知道，树叶之间也有争奇斗艳。它们不让阳光彻彻底底地透过去，于是在沥青地面上留下道道斑驳。

上课铃声响起，她才意识到整个课间，她就一个人待着。她不想跟任何人说话，也不想让任何人太靠近她。一旦有人靠近，难免要聊天，一聊天，很多藏不住的秘密就会自然而然地泄露出来。她太不喜欢让秘密嚣张跋扈了，只好先自我防卫着。

下午上完最后一节课，陆晓在座位上收拾书包。她的动作慢，班上同学都走得差不多了，她才收拾完。这时班上，只剩下她和几个打扫卫生的值日生。

"陆晓，外面有人找你。"陆晓的同桌从教室外走进来，拍了拍陆晓的肩膀，说道。

陆晓回头看向窗外，没有看到人影。她又探了探头，还是没有。

"谁啊？老师吗？"

"就之前跟你走得很近那个学长啊，高高的。长得还有点帅气呢。"陆晓的同桌没按捺住她八卦的心。

其实女生之间，关心的除了别的人穿了什么衣服、换了什么鞋之外，更多的也就是关心哪个男生又喜欢了她。无外乎这些卿卿我我的事情。陆晓觉得厌烦。她拉上书包拉链，跟同桌简单告了别，朝门口走去。

几个值日的女生在讲台上嘀嘀咕咕，陆晓最讨厌女孩子之间的嘀嘀咕咕。转身的那刻朝后脑勺的方向翻了一个白眼。陆梧用余光全都看见了。

"喂，你这个人怎么这么没礼貌。"陆梧倚在班级后门边上，冲着从前门走出来的陆晓大喊了一声。估计这一声，班上的那些女孩子都听得一清二楚。

陆晓只觉得脸红，回头的时候指不定被喷了消毒液的玻璃窗边趴着多少个人头，窃窃私语着，准备看她的笑话。

"到别的地方说。"陆晓微微地回头，冲着陆梧声音的方向说着。生怕动静大了，又被这几个女生诟病成篇。

陆梧单肩挎着包，摇摇摆摆地跟在她后面。陆晓同桌的嘟囔声隔桌玻璃窗都能听得清楚，陆晓对于她迷恋学长这件事是心知肚明的，所以为了避免摊上事，她能走多快就走多快，恨不得有隐身功能。

"天台？"走了几步路，陆晓确定周围没有闲杂人等了，才回头看向陆梧。

"走吧。"陆梧走过来抓着她的手臂，往前大步走去。估计是嫌弃陆晓走路拖拖沓沓，又或者觉得她没有必要小心翼翼。其实他俩的关系，人尽皆知。口舌耳目多的是，不在乎这几个同学的窃窃私语。

"你……"走到安全的楼梯拐角处，两人异口同声地说道。

"你先说。"陆晓紧接着推脱道。

"我是想问你什么时候走？"陆梧没有推回去，而是顺着话茬接了下去。估计是这句话想问太久了，到了嘴边，一定是要问出来了。

"没定。我外婆的身体状况不太好，我舅舅的意思是让我妈先留下来照看我外婆。我不知道，可能我又被抛弃了吧。"陆晓玩了玩手指，有点漫不经心的说道。

他们俩边说边走向天台，天台的门没关，只是一个冬天过去，又长了些青苔和杂草。看来整个冬天，也没有人发现这里，或者发现了，也不见得有人常来。

这是一个被荒废的地方，可是却被他俩视如珍宝。也就只有在这个天台上，才能看到彼此，看到自己的软肋和愿意倾吐秘密。

"那你一个人去了？"陆梧推开天台的铁闸门，轻声问道。他不敢大声，生怕触即到陆晓的痛点，哪怕这句话的确很直接，但他想着用一句轻松的口吻问出，倒也没那么疼痛。

"可能吧，我哪知道。大人有大人的安排，我听着就是了。"陆晓倒是意外看得开，她没有任何要反抗的意思。其实陆梧知道她的冷漠莫过于心死，因为这几年发生在陆晓身上的事情，实在没有什么空间给她犹豫。

爸妈离婚、搬离叁水镇、转入鹿山中学、外公去世、外婆患上阿尔茨海默病、妈妈陆展叔叔和沐艺姐之间的情感纠葛等，接踵而至的烦恼压得她喘不过气。

陆晓瞟了一眼陆梧。她看着鹿山中学山前的这片天空很低，有橙红色的云，顺着天际线缓缓地飘向远方。天和云相接的那段有金黄色的荧光散发出来，在陆晓的瞳孔里打转。

这是她第一次到鹿山中学，考试那个下午所看到的景象。此时此刻，身边站着当时曾让她小鹿乱撞过的陆梧，心里对这座城市所有的不舍涌上心头。

"会想念的吧。"陆梧也看着这片夕阳，对着天际线发呆。

"我在这里生活了这么多年了，每天都看到这片撩人的夕阳橘红。总是理所当然地觉得它会一直存在，也总是把这种习以为常当作理所当然。"陆梧开始了他的长篇大论。

但陆晓这次没有打断他，因为她知道，能一起站在这个天台看落日的机会不多了。而冷酷也好，荒诞也好，这片落日实实在在晕染过这座城里每个人的青春。

"哎别聊这么难过的话题了。你明知道，我就快要走了。"陆晓还是没有忍住，她害怕掉下不争气的眼泪。她害怕她太不舍得，反而没有办法好好告别。

"你呢？看公告栏，你们刚考完省二模。"陆晓紧接着问道。

"嗯，离终极审判越来越近了。"陆梧微微一笑。

"别有压力。"陆晓很想安慰他，但也不知道从何说起。

"压力倒没有，就是闷得慌。"陆梧的视线看得很远，好像在寻找天际线的那头的答案。

"那就好，熬一熬，很快就过去了。"陆晓看了看手表，时间也不早了。她之后还约了柿姐在家楼下取东西，和陆梧在一起反而忘了这个约定。

"我们走吧，一会学校大门锁了。"陆梧用余光看到陆晓在偷偷看手表。

陆晓微微点头，他们走向天台的出口。跨出天台门槛的最后一步，好像很沉重，陆晓努力地抬起后脚，但好像短暂放肆过的青春又被捆绑住且留在了这里。她回头看到还没关上闸门的天台上方，飘着海蓝色的月升，这是鹿城独有的景象。

他们一步一步走下台阶，隔着教学楼的墙壁，感受快入夜的校园的温柔。晚风徐徐，云朵轻吟。树总在微风中摇曳，影影绰绰地伴着归家的每步路。

路灯在黑夜的笼罩下顽强地生辉，暖黄色的街灯遮盖掉大部分的阴影。陆晓和陆梧走在下山的林荫道上，看着路灯和树影作伴，来判断哪些流逝掉的、不重要的、可以被浪费掉的分秒。时不时有一两辆私家车从旁边驶过，停靠在铁栏杆上的小鸟急忙远去。隧道口的壁灯明晃晃地亮着，丈量着这条隧道从头至尾的距离。

回家的路途也不过两站公交车的距离，开过站与站之间，陆晓就会觉得公共交通在这里的意义有点多余。这座城市的美好也很值得用双脚来丈量。这晚她和陆梧沿着公交站线路开过的大道旁的小道，压马路走回家。

陆晓好像又结束了独来独往的状态，而看着手机上的倒数，距离离开鹿城的日子也越来越近，于是她内心的忐忑促使她更珍惜能走在这座城市里一砖一瓦的分秒。

回到家楼下，没见到柿姐的身影时，陆晓知道已经晚了。和陆梧在家楼下那盏微亮着的路灯旁告别，陆晓走上二楼的拐角处，还是能看到陆梧靠在路灯柱上。他点了根烟，看向陆晓七楼的房间处，他大概在等那盏卧室的灯亮起了才离开。

陆晓轻手轻脚，生怕脚步声太大导致声控灯亮起，陆梧会发现她也多在楼梯的暗处观察着他。他的那根烟抽得异常的慢，他聚精会神地盯着点点的星火，慢慢燃烧到食指和中指间的位置。他虽然感觉不到肌肤的疼痛，却能感觉到时间流逝的撕裂之感。

陆晓不忍心看到这样的落寞在他的指尖蔓延开来，她一步一步走上楼去。一步也没有让声控灯亮起。这是他们之间无声的告别，但难过的声音却比任何一次都要响亮。

陆晓好不容易悄无声息地走到了家门口，发现在黑暗中的门前，放着一本书，上面放着一封信。

"致陆晓。"陆晓凑近了看,轻声地念出来。这时七楼走廊的灯亮了。陆晓不知所措,感觉刚刚的努力都白费了。况且以正常上楼的时间来说,她早该回到房间了,现在才亮起的走廊灯,出卖了她。

陆晓原地纠结了一会,弯下腰去打开这封信。

上面写着:

晓,我的书店今天开业。上次你问我的书店名字,我起好了。叫"阿尔茨海默"书店,杜绝遗忘,所以在这里储存所有来过的人的记忆,还不错吧。希望这里也很快会有你来过的记忆,想念你。陆柿。

啪嗒,啪嗒。两声清脆的泪滴声落在信封上,陆晓心里的最后一道防线没有绷住。她已经努力掩饰着要离开鹿城的难过,但陆梧和陆柿的种种行为,给她太多牵挂。她很讨厌这种牵挂,却也被它们深深裹挟着。如果感情越少,能离开的机会就越大,现在她是真真正正地想念这里。哪怕只待了很短的一段时间。

陆晓的房间灯亮起,她从窗帘缝隙间往下看去,看到陆梧手里的烟燃到一半。这大概是第二根了。陆梧明显感觉到陆晓也在注意着他,他快速吸了两口,把烟扔在地上,踩灭了。挪了挪挎包在腰间的位置,径直离开了陆晓的视线范围。

陆晓拉上窗帘,低头看到书桌正中央,摆着一个文件夹。文件夹的封面挡住了里面的文字,看不出是什么文件。她拿起电话,打给妈妈询问。

"妈,桌上有个文件夹,你放的吗?"陆晓问道。

"对,那是你下周去英国的资料,我都给你放在文件夹里了。你认真读读。"

"下周？"

"对啊，你签证提前出来了。正好早些过去，适应下语言环境。"妈妈语气听起来有些忽略。看来她真的很忙，陆晓心想。

陆晓沉默。她本来以为申请签证到出签证，至少也要一个月，没想到半个月的时间就出来了。这也意味着，她可以准备收拾行囊出发。

"妈妈今晚要加班，冰箱里有昨天没吃完的晚饭，你热一热。"电话那头的背景声充满着妈妈办公室里的嘈杂。大人世界的忙碌，不用肉眼看，也能感觉出来的。

"好吧，你先忙，我挂了。"陆晓很自觉，不打扰妈妈的工作。

她打开卧室的门，看到客厅的壁灯亮着，却填不满整个屋子的黑暗。她呆呆地站了有好几分钟，她从来没有如此认真地看过这间屋子，每次回到家，就往自己的房间里钻，仿佛公共区域从来都不属于她。

她穿过这片若明若暗的客厅，打开冰箱的门，看到仅剩的两颗鸡蛋，倒了些酱油入锅。加入昨天剩下的冷饭，翻炒。这是她唯一会做的饭，也是唯一吃不腻的饭。

她坐在开了一盏微弱小灯的客厅里，她想象着，如果未来在某个地方过着与叁水镇、鹿城无关的生活时，是否还会念念不忘。但她只要想到那里蓝过的天，飘渺的云，淅淅沥沥的雨，就能感觉到不舍是如此明显。她才意识到原来所有拥有着的东西，都可以在一夜之间不是她的了。这种感觉就好像被所有人拿着刀刮着的心脏，周围的气温越来越冷，把舀饭的勺子都冻住了。

在英国利明顿小镇

贰拾贰
远方的风比远方更远

"您好，我们即将在半个小时后降落在伦敦希思罗机场，请乘客回到座位上，系好安全带，调整好座椅靠背，搭起你的小桌板，靠窗的旅客……"

陆晓在一阵耳膜震痛，伴随着乘务长的播报声中醒来。现实的变化让她错乱，她在那真空的三五秒时间里忘记了自己是谁，在哪，为什么在这里。

她只记得有一轮绵绵的橘粉色的朝阳透过玻璃窗的左边缓缓地照进来，映入眼帘。下面是层层叠叠的云。云开雾散的时候，陆晓看清了云下面的陆地，那是她第一次看到英国。

一个不属于她的地方，一个想象中的外面世界。她也不知道这些想象和未知的梦到底哪个先来，但缓缓地降落，和略带刺痛的耳膜让她渐次清醒。

陆晓去机场的那天，陆梧和陆柿都没有来送她。她在临登机前，看着陆柿留给陆晓的《异乡人》，收到了陆梧发来的短信。上面写着：远方的风比远方更远。陆梧。

陆晓一个人拖着行李箱，前往母亲事先联系好的寄宿家庭。英国将要入夜的时候充满仪式感，一盏一盏灯亮起。看着红色的双层巴士从眼前开过，街头有流浪者裹着破烂的毯子，在吃刚刚路过行人给他的半个汉堡。身旁窝躺着一条狗，和一本书。

又或者拄着拐杖经过的老爷爷，穿着一身黑色的绒呢子大衣，提着一个公文包，神色专注，踟蹰而行。迎面而来的几位印度裔女孩子，裹着围巾和毛绒帽子，互相在窃窃私语着。

寄宿家庭的位置不难找，下了车，走几步路就是。但也就是这几步路，让陆晓的生活好像被困在了这里。寄宿家庭里的一家人都很好，他们对陆晓也很好。但陆晓就始终感觉自己像是那个多余的人。

特别是当他们举行家庭聚餐的时候。英国人的家庭，最注重一些周末、节假日。反正有事没事都聚一聚。一开始，陆晓还会装着很融入他们的样子，时间久了，她也就不会再骗自己真的能融入了。到后来，更多的时候，她就是躲在房间里，因为她害怕打扰到他们的欢乐。

学期内总是有大大小小的家校联谊会，陆晓大概是那个时候最讨厌这种时候的人了。她就一个人选择在教室的一个角落的椅子上坐着，尽量避免和其他人有任何眼神交流。家长们和老师们都在拉着自己的孩子拍照、喂食、夸赞或拥抱，热闹得令人害怕。

属于他们的阳光从来都透不过，陆晓头顶上的这片乌云。乌云压着，也强撑着那阵雨不要泻下来。周围的同学在欢呼、雀跃，陆晓也不知道这种每半个月，举行一次的聚会有什么好开心的。

他们似乎看不见生活的烦恼，也不知道是真不知道，还是假看不到。总之，这种表面开心的生活陆晓是过够了，也不想伪装真的能融入。

每当这种时候，她就坐在班里的最后一排。坐久了，会感觉到凉意，把腿蜷缩起来，抱着，微微低着头，眼皮下垂，好像一只没有睡醒的小狗被雨淋湿似的狼狈。没有光束照射在她身上。

　　她坐在班里的最后一排，看着其他同学和他们家里人和他们的庆祝时刻。总是想找个地方躲起来，或者隐身起来，让他们看不见她。又或者这一切，也只有她一个人在意吧。躲在角落里，本身也不会有人会注意的呀。

　　其实陆晓不知道，每当她被这朵乌云笼罩住头顶之时。她的好朋友橙注意着她。只是默默地在窗口外看着她，也不靠近，也不打扰。橙是一个表面大大咧咧，小事不放在心上，但是大事从来不会掉链子的女生。可能是因为在英国生、英国长大的缘故，她的性格和英国人一摸一样。但也总有些不同，这种不同也不是后天形成的，好像生来就带在骨子里。对朋友的真正关心，不表露出来，而是装在自己的心里，默默观察。

　　陆晓是太害怕自己的小心思被人发现了，所以她没有太关注是不是有人在注意她。或者说她的触觉伸不到那些在关注她的人身上。总觉得自己在明，他们在暗。他们的关心也就显得很多余。

　　这种讨人厌的家校联谊会不知道为什么能开得出奇的长，英国人从来都是爱聚会不爱工作的。但因为陆晓本身的格格不入，所以稍微短一些的聚会也会显得漫长。冬天又入夜早，夜晚长，很多黑暗时刻被夜晚笼罩住，也就全当消失了。

　　"嗨，我叫陆橙，交个朋友吧？"陆橙在陆晓身后轻轻地拍了她的肩膀。

　　"哦，吓我一跳——你好，我叫陆晓。"陆晓好像在一片静寂中被一道雷劈了一下般，耸动着肩膀。但反应过来后就心生一丝希望。虽然陆晓也不是一个喜欢交新朋友的人，但此时此刻孤灯难明，如果有另外一盏灯愿意和她靠一靠，也可以互相取暖了。

　　但看她染了一头粉发，活力四射的样子也不像是难交朋友的体质。但为什么还来找陆晓说话呢，看着她一脸求认识的表情，也不像是随意路过。

"我看你一个人坐在这里好久，我刚好在前面那个台子那儿拿杯饮料喝，就看到你啦。"橙笑弯了眉眼说道。

"哦，我……脚站的有点累了，想坐一会……穿不惯高跟鞋……"陆晓也不知道这个粉发女孩想干什么，编了个理由回复她。只是吞吞吐吐的样子，也很难不被识破。

"是啊，我也穿不惯。平时都穿球鞋，或者，或者最流行的铆钉靴或马丁靴都很酷。谁没事穿这种老女人穿的高跟鞋啊，还有些亮晶晶的东西，真无聊。"陆晓好像讲到了橙的痛点，她的"开关"一下子被打开了似的，噼里啪啦地往外泄。但是她不像那些不懂得分寸的英国人，一说起八卦就没完没了，她却在适合而止的地方停了下来。

"哈哈哈，你说话真有意思。"陆晓有点打开心扉，放下防备，开始和这位粉发女孩进行不那么肤浅的对话。

"我——可以坐这里吗？"这位粉发女孩顺势问道，但是她问出这个问题的时候还是有些迟疑的。她也在试探陆晓内心的想法。女孩子心里的小九九总是难猜，就连女孩子与女孩子之间也要揣度一阵子。

"可以啊，当然可以。"陆晓看了看周围空空荡荡地位置，发出了显而易见的邀请。意思是你看不到我周围都没有人坐么，这座位也不是我独自霸占的，就算我不欢迎你，你也可以坐。陆晓心里是认歪理的，关键是她自己不认为这是歪理。

"那我坐了啊，我的腿也有点疼了呢。"橙一屁股坐在陆晓身旁的座位上。挨着椅面的那一下发出了"哎呦"的声音，顺势把两只穿着高跟鞋的脚踢起来，高跟鞋也跟着甩起在小半空中。又落下，砸在草地上。草地也不茂密，能看得出高跟鞋落下砸出的小痕迹。这场面惹得陆晓笑了出来。

"这样舒服了吗？我也想试试。"陆晓侧着身子问橙道。

"终于解放啦，你快点试试，很舒服的。"说着，橙往椅背上一靠，拿起她的饮料杯喝了起来，"咕嘟咕嘟"。

陆晓听了她的话，也准备把高跟鞋脱下来。但是她觉得模仿橙的动作，她又模仿不来，穿了一条太短的裙子。而且就算这个裙子它不短，陆晓也做不到像橙那样随心所欲。她觉得要不然就轻轻地从侧边脱下来吧。

她在犹豫着的时候，橙突然抓起她的手说"诶，这个小鹿的手链好好看啊，哪里买的？"

陆晓看着自己的手腕说，"这个是一个姐姐送给我的。"

"哦？亲姐？"

"不是，不是亲姐。"

"堂姐？表姐？"

"都不是。"

"是我家旁边原来住的一个邻居。"

"哇，邻居还会送礼物呢。这个中国有个成语怎么说来着，礼……礼……什么来？"橙抓了抓脑袋，眼睛往斜上方看去，表现出思考状。

"你是说，礼尚往来。"陆晓看着橙的眼睛，回答道。

"对对对，礼尚往来。不好意思，我中文很不好。我父母也没怎么教过我，我就是听他们讲，我学了点。"橙很不好意思地说道，但是还有点半开玩笑的意思。

"没有啊，很好啊，你还知道成语呢，我都挺惊讶的，我以为你们这些BBC① 一个字中文都不会说呢。"

---

① BBC: Born in Britain Chinese，在英国出生的中国人。

"这搞不好就是我知道的唯一一个成语吧，就连这，还记不全呢哈哈哈。"橙打趣道。

"但你英文好啊。"陆晓真心夸赞道。

"英文是我的母语啦，没什么可以骄傲的，生在这里长在这里，要是英文还说不好，那我就不知道我还会什么咯。"橙摇了摇头说道。

"哈哈哈，你真有意思。"陆晓被橙逗的很开心。

"这是我今天听你第二次这么说啦。"橙凑近她的脸说。

"……嗯……是真的嘛。我是真的这么想……你好有意思……"陆晓支支吾吾，看到橙突然凑近她的脸颊，就马上害羞了起来。

"第三次！"橙马上坐直身体，伸起手臂，手指伸出三根数道。

"唔……"陆晓更是一下子不知道怎么回复她了。

"好啦，"橙看陆晓一时半会也不知道怎么回复她，就帮忙救场道。"我看这个晚会也很无聊，也没什么事可以做了，要不然你去我家玩吧，我家有好多吃的，比这里多。"橙邀请道。

"啊……我可能不行诶……我是住在寄宿家庭的，我不可以太晚回去。"陆晓有点想去，但是又有点担心寄宿家庭的主人会担心她。又或者她也在担心这个才认识没多久的粉发女孩到底是不是一个安全的选择。

"你家住在哪里，是不是附近？"橙问道。

"嗯，寄宿家庭不是很远。"

"那……你要不然回家换双鞋，顺便跟主人说一声，去同学家玩，很快就回来。"

"可是……"

"哎呦，别可是了，我们还没聊完嘛，这里又冷又无聊，去我家就很舒服的。我爸爸妈妈人也很好，他们会欢迎你的。他们就在那边，我去跟他们说一声。"

"这样不好吧……我……你家里这里远么？"陆晓弱弱地问道。

"不远呀，校门口那条路一直走下去就是我家啦。"

"诶，我的寄宿家庭也是一直走下去诶。"

"这么巧，那我们以后可以一起上下学啦。"橙大方地邀请道。

陆晓没有想到，这个才聊了不到半小时的女孩子就邀请她去家里玩。还邀请她一起上下学。第一次和人聊天能够这么快速拉近距离，她觉得很诧异。

不知道是这位粉发女孩的魅力，还是陆晓有一点点人际关系处理上的进步。总之，她还没有回过神来，橙已经拿起她地上的鞋，准备跑开。

"我去跟我爸妈说一下，我们先回家。"

"啊……好"陆晓好字还未落下，橙已经跑开有一小段距离了。

陆晓看着她的背影有点熟悉，她不知道这个时刻对她意味着什么，但是刚刚躲在角落里的那种暗漠好像消散了不少，第一次觉得英国的冬天也有了一小团火焰。而且这一小团火焰也属于她。

橙很快就跟父母交代完了，对她来说是三言两语的事。陆晓看的不止一点羡慕，要是她也能像她这样对待任何事情都很简单就好了。其实，很多生活里的事也大都是小事，没有什么需要经过这么多道思考工序的。但是陆晓生性敏感，对于很多事情的感知都超出了一般小孩子的常理。

比如刚刚她们不久的对话，陆晓总能在脑海里过个几百遍，寻找里面的合理性和不合理性。也可能是因为这样，她的记忆力不错，但记忆得准不准确是另一回事了。毕竟在脑海里形成的也能是添加过的幻觉。

"我们走吧！"还在陆晓思考出了神的时候，橙已经跑回来了，跳到她身边说道。

"哦——好快。你爸妈同意了？"陆晓才回过神来，问道。

"对啊，不会不同意的，这么小件事情。"橙轻松地说道。

"哦我是说，他们同意你这么早离开这个聚会嘛？"陆晓纠正了她的意思。因为是英文，陆晓总觉得表达没有那么清楚，是那个意思，但总要复杂了说。

"不算早啦。英国的聚会酒过三巡就差不多了。"

"你还懂这些？"

"在英国嘛，这是社交必须。"

"啊，你懂得好多。"

"不算吧，就是这个环境下长大的小孩都这样吧。"

"我高中前我妈妈都不让我喝酒，更不知道这些事了。"

"在英国可能就是青年、少年过度这个阶段会被很刻意放大吧。不像国内那样在高中阶段反而抓的很严格。"

"是的，高中阶段都很严格，但是我没有读到高中就来英国了。其实，准确来说，连初中都没有读完呢。"

"你是今年第一年在英国嘛？"

"是啊，你算是我第一个认识的朋友。"

"那我们以后要经常一起玩。不过没事，这才新学期开学没多久嘛，慢慢来，还是能交到很多朋友的。"

"希望如此吧，其实开学也有一小段时间了。这种聚会我就是一点都融不进去。"

"我刚开始也觉得别扭，后来就好了。"

"嗯，我可能还需要一段时间去适应吧。"

"别担心，你现在不是有我啦！慢慢来！"

说到这里她们两个已经沿着校门口走了出去，远离了那片喧闹和彩灯。看着彩灯的闪烁渐渐变小、变弱，陆晓也就不再担心那些角落的落寞会波及到她和新朋友橙的关系。在英国，上高中都是走班制的。流动的班级人员，是挺自由的，这是陆晓所爱的。

但与此同时，换来的是和同一个人班上的人并没有特别熟悉。特别又是这刚开学的时间就更是没来得及认清人脸了。但是她这一头粉发，很出众。每次她站在走廊里，教室外或是操场上，都能看得很清楚。就是因为这样，橙的人缘很好。大概是在谁都记不住谁的情况下，你有一头标志性的头发是很明智的选择。但是像陆晓这样选择性逃避的同学，也就刻意回避了这种"出头鸟"的造型。

"你……怎么会想要染一头粉色的头发？"陆晓将一个好奇的问题，问了出口。

"就想染呀，没有什么特别的理由。"

"有些人会说什么留住夏天这种烂理由，我没有，我就是喜欢，就染呗。不喜欢，第二天就洗掉。"

"这样很伤头发哦。"

"我以为你会说我很潇洒呢！"

"哈哈哈，你是很潇洒啊，换了我就做不到。"

"你应该勇敢点。"

陆晓停了下来，没有回应她。她可能没有想到一个刚认识女孩能在三言两语间就拆穿她的小秘密和小牢骚。"她怎么知道的？"陆晓内心想着。

"怎么突然停下来啦？"看陆晓突然停了下来，橙也停下来回头看她。其实橙好像已经感觉到了陆晓内心里的玻璃渣，她知道她被问的有点疼。她也就自然地转移话题，这是她最拿手的。漫不经心嘛，橙最擅长的就是化繁为简。这可能不是一种能力，是天赋。

"……没……没什么。只是觉得你说的……好直接。"被刚认识的朋友揭穿内心的忐忑，陆晓还是觉得有些不知所措。

"对不起……我不知道你介意——"橙握了一下她的手臂说道。

"没没没，我没有介意，我只是觉得你好像很了解我。很久没有人这么对我说话了。"陆晓解释道。

"啊哈，原来是这样。"橙内心想，小松了一口气。怕自己的直接误伤了新认识的朋友。"我其实观察你很久啦，就是一直没什么机会跟你说话。"

"真的吗？我也观察你好久了。一头粉发，很吸引人。"

"也就只有一头粉发吸引人啦，没有了这头粉发，我可能泯然于众人咯。"

"没有啊，我在学校的照片栏里有看到你的照片。那时候你还不是粉色头发，一样很吸引人。你明亮的眼睛里有光芒，对什么事情都很坚定的样子，我很羡慕。"

"你今天晚上也说了三次羡慕啦。我数学不好，不知道算得对不对，但别再说羡慕啦。每个人身上都有让人羡慕的地方。其实你不知道是不是你和你的生活也被其他人羡慕着呢。"

"可能吧，我身上就没什么好羡慕的呀。平平凡凡，普普通通。"

"那些觉得自己平凡和普通的人都不平凡的。相信我。"

"怎么说呢？"

"这个我们以后有机会再慢慢聊嘛。我们到了，这就是我家。"

"啊，离我的寄宿家庭好近，我家再走下去十几号就到了。"

"是吗，那太好啦，明天开始上学叫上我。"

"我出门很早的……"

"那我就再也不用怕迟到啦。"

对话间，两人已经走进了橙的家中。换了鞋，把两双高跟鞋摆在了门口。陆晓在脱下高跟鞋的时候，手扶在鞋柜上，想保持平衡，看见鞋柜上几张镶着相框的照片，是家庭合照。

看到这几张照片，陆晓忽然不想走进这个家，她害怕面对一个氛围融洽的家庭，这和她住的寄宿家庭是没有任何区别的。她感受不到温暖，只有嫉妒和被排除感。这件事情，其实因人而异。也有完全不在意的人，比如说橙就不会在意。她生性简单，不敏感，能随着环境改变。

但橙这样的人，是怎么也感受不到陆晓的难过的。那种真正的难过，或是人们口中的悲哀就会浮出水面来。和大家的正面招招手，陆晓不想这样，她想尽量把这种负面藏进去，藏得有多深是多深。可是显然她还没藏好。

橙看出了她内心的不安，问她"怎么啦？这是我爸我妈和我弟。诶我跟你说，我弟可烦了，还好他今天跟我爸妈去学校那个聚会了，现在估计还在那里吃甜点呢，那个小胖子。"橙似乎想消解这种不安，但她不知道有没有效果，只好试一试。

"橙，谢谢你邀请我来你家啊，我想今天是有点晚了。毕竟我是一个人出来的，寄宿家庭的主人也没有跟来，我跟他们说我会早点回去，我担心他们等久了不好，你知道……"陆晓犹豫了半天，还是决定说出口，告诉橙她的第二想法。

也没错，陆晓的确也是担心麻烦到寄宿家庭的主人。寄人篱下是很不方便的一件事情，进进出出都好像被监视着。不过对于未成年人来说，这可能是一件好事吧，至少在正常的运转着、被保护着。

第一想法大概就是陆晓害怕一会遇见参加完聚会回来的爸爸妈妈和弟弟，一家其乐融融地，她又成为了另一个屋子里的局外人。这很难受。她从照片里能看出其一二。她不愿意承担这种落差。她只需要这一个好朋友，她不需要额外的负担。

橙是理解陆晓的，她忙说："啊这样啊，那好，你既然已经决定了。我也就不勉强你了。反正我们明天上学就见到了呢。"

"是啊，明天就能见到了。很快的。"

"别忘了，来我家门口等我哟。"

"哈哈哈，好的。我记得。"

"那我以后上学不迟到这件事情就交给你啦，拜托啦。"

"嘻嘻，别太指望我吧。我有时候也犯糊涂的。"

"总比我强！行了，快回去吧，别站着了，脚很疼了吧。"说着，橙把门拉开，拍了拍陆晓的肩膀。

"好，那我就先回去了。不要送出来了。"陆晓不好意思地说道。

"没事，就在门口。"

"那……那明天见。"陆晓说道。

"明天见！爱你！"橙开心地喊道。

陆晓没有回应，橙在说"爱你"的时候，她们已经拥抱完，陆晓转过身去准备往寄宿家庭的方向走了。陆晓就想假装没有听到吧。橙也不介意。一切对她来说都是很自然的身体反应，连说话也是，她体会到什么就说什么，从来不藏掖。所以自己也挺愉快的，不祈求回报。

橙看陆晓出了她家的前院，沿着微弱路灯照射的人行道往前走了一些，背影渐行渐远，就将大门关上，回屋了。陆晓也听到身后传来的关门声，她往前走着，没有回头。

这一门声落下，陆晓心里的小石头也落下。心情很复杂。比以往走这条路的心情更复杂些。她有很多疑问，很多不知道，也有很多知道。她不知道，这些思考贯穿在今后她走在这条路上的每一步。

风吹得树梢摆动，影影绰绰，秋冬之交的英国有种复古的美。它不像深冬那样孤寂凋敝，冷冷清清，也不似夏日一样没完没了地忙碌和狂欢，它有一种适度，它懂得调和是美。它很安静地躺在风中，躺在树权的怀里，不让月光打搅这一片大地。这个岛国的美，陆晓到多年之后才明白，才了解，才有体会。它衬托的可能是一种异乡的情结，不是人人都有，但是她在这场风、这片斜斜的树影里、皎洁的月光下读懂的是，她的远方也是别人的故乡。总有人来，总有人去。

　　自这天晚上之后，这条路成了陆晓和橙每天一起上下学的路。

贰拾叁
狂欢之后

回到家之后，寄宿家庭的爸爸妈妈都去参加孩子们的万圣节派对了。她一个人打开了客厅的灯，顺着楼梯走上去。

回到房间，她照惯例打开了收音机，随之传来播音员的声音，"大家晚上好，这里是'什么时候有空'电台，我是禾山。在节目开始之前，我们先来听一首陆晓点播的歌曲《小城故事》"。陆晓写着写着，听到这个消息，这是她每天准时会听的音乐电台，今天终于播放了她两个月前点播的歌曲。

她之前反复发短信到电台催促过，都告诉她已经排上档期，很快就会在下一期节目中出现，这样一等，就是两个月。这一期节目终于出现。她用手托着腮帮子，准备认真地享受老收音机配合着老歌声的质感时，收音机没有声音了，估计是信号中断或被干扰造成的。陆晓拍打着收音机，也没什么别的方法。

两三秒后，收音机自动又恢复成正常状态。陆晓松了一口气，深呼吸了一下，坐回凳子上。半弯曲的腿也因为紧张而感到酸胀。

陆晓是一个很喜欢老物件的年轻人。就是摆在她面前的这种老款收音机，圈数很大的播音口，还有几个零碎的按键。这样一看，收不到信号，或者转换按键时咔吱咔吱地跳针卡壳声，也没有那么烦了。可能这种特殊情感的存在也和她的外公，是和这些收音机打交道的人有关。

陆晓坐在书桌前，伴着邓丽君的歌声，回想起外公房间里发出的收音机、零件组装的声音。外公的房间里摆满了各种螺丝钉、螺丝起子、捆绑电线的黑色胶带，还有旧电视机里的废旧零件。陆晓听着邓丽君悠悠扬扬的歌声，她是陆晓外公最喜欢的歌手之一。陆晓陷入思考，又转念一想，与老物件相关的记忆总是伤心有时，开心也有时。

陆晓又盯着收音机出了神，穿回那些年的老夏天。

充斥着蝉鸣、牛叫和犬吠的老夏天。

陆晓小时候有段时间，常在大舅家住。电视节目里有那种点歌频道，一块钱就可以点一首歌的频道。哥哥下午去上补习班，或者和同学去外面玩，大舅大舅妈上班去了。整个下个就是小鬼当家时刻。那时候，看完动画片调换着其他台。

说好一小时后买雪糕回来的哥哥，还没有到家，于是陆晓坐在塑料凳上拿着遥控器换台。换着换着就有午后在休息的电视台，在搞点歌活动。

这个频道就每次都用《super star》作为第一首能点播的歌曲，打电话去电视台，只用一直播 1 键就行。陆晓还不知道"SHE"是谁，但是知道她们的《super star》（超级明星）很好听。

所以，每天下午就偷偷地用舅舅家的电话，打给电视台去点播歌曲。仿佛整个县城的下午，点歌频道都是她一个人的专属频道。可以说，她是先知道《super star》，才知道"SHE"的。

陆晓完全陷入回忆的快乐漩涡，《小城故事》的歌声也进入间奏模式。大概只有"这些时刻"都同时存在时候，才会让陆晓觉得是归属。但是想想，即便小时候和表哥一起在沙发上看过的周星驰的《喜剧之王》，扒开无厘头的过程之后也是一场悲剧。

　　这时候陆晓房间的门被敲响了。她打开房门，是寄宿家庭的妈妈。她说时间不早了要把收音机调小声点。陆晓这时觉得，仅有的一点快乐也不能跟人分享。

贰拾肆
草坪上的幻象

在英国的每一天，陆晓在要上学的时候就和陆橙结伴同行。不上学的时候，陆晓就把自己关在房间里，听收音机、音乐还有写自己觉得视为珍宝的记忆。而这些都不外乎于一层保护膜。

两年很快，辗转之间。陆晓她们迎来了普通中等教育证书（GCSE）的大考。

陆晓在第一天考试日结束后，跑到学校广场前的大草坪上躺着。想吸收一下仅有的半小时的新鲜空气。她把耳机里的音乐声调到最小声，根本听不清是什么语言的歌曲，但她也不在乎，本来戴上耳机也只是为了掩饰自己游离在现实世界之外的不现实。

至少这让其他路过这个草坪上的人看起来，觉得她不算太奇怪。她也同时保持着习惯，只戴着一边的耳机，试图混淆现实世界和音乐世界。陆晓喜欢在梦幻泡影里游离，享受着梦就要醒来了的刺激。

游离时，有一个影子遮住了那奢侈的阳光，好像英国上空那习惯性存在的其中一朵乌云，又遮盖住了她眼睛上方的那片晴空。

"嘿，醒一醒！"橙蹑手蹑脚地出现在她眼前，准确来说，是眼睛的上方。从上往下的视角看着陆晓躺在草坪上，她知道陆晓没有闭上眼睛，她"醒一醒"的意思是从那个游离的梦中醒来。

"烦人。为什么打断我做到一半的梦？！"陆晓生气时候也是很平和的。

"做梦不带上我？"橙用同样的音量回应陆晓，也顺势躺在了陆晓的脚边。她们一头一尾，这个躺法好像以前幼儿园午睡时，老师不让小朋友们交头接耳发号的施令。但是悄悄话的情谊也就是通过这样沟通起来困难的姿势而形成的。陆晓用握着mp3的手悄悄地按了一下暂停键，她尽量保持到不让橙注意到她的小用心。

"诶，把mp3关了啊，跟我说话！"橙没有发现陆晓的小动作，这让陆晓有些窃喜。

于是顺着她的话回应道"不要！除非你躺到这头来。"女孩子之间的小傲娇总是没完没了，好在她们都不是太小气的人，应该知道什么是适可，什么又是而止。

橙还没等陆晓的话音落下，啪嗒一声就躺到了陆晓的脑袋边上。有草坪里的细水珠被溅起来的意思，陆晓拍打着陆橙的肩膀。

"诶诶诶，痛痛痛……"陆橙边叫着边撒娇地叫道。

两人还未全干的草坪上嬉笑怒骂着，女孩子之间的快乐来得很快。可以一言不合，也可以烟消云散。她们平躺在草坪上，数着天空中形状各异的云，陆晓悄悄地把头枕在陆橙的肩膀上，不算太长的头发顺着肩膀的方向滑下去。

"太好了，明天就考完试了！"陆橙摆动着双臂，她无论什么时候都善于用肢体动作表达自己的心情。

"那是你。我还要等一周多之后呢。"陆晓瘪了瘪嘴。

"为什么啊？………哦哦哦，对，你还有一门戏剧课汇报考试。"

"……对啊，这些天光复习这几门考试了，都没时间排练。"

"别郁闷啦，你肯定可以的。我来给你捧场！"

"但愿吧。我还是会紧张，毕竟是用英语……"

"别想那么多了，该上场的时候上就是了，想什么呢，做呗。"

"也对。"陆橙不知道她的大大咧咧和直接给了陆晓很多的鼓励。

"讲些开心的！这个夏天你打算做什么呀？"陆橙问陆晓。

"没想好呢，不过回……家，我是说回鹿城看看吧。"

"诶，你的家乡和我名字发音一样呢。"陆橙读出了她的犹豫，开个玩笑想掩盖过去。

"是啊，我之前也发现了。不过，那里不是我的家乡。"

"那你的家乡是在哪里呢？"

"……"陆晓想了一会，想回答叁水镇，但想到那里什么也没有了，就连唯一存在的外婆，记忆深处也不属于她了。不知道有什么可以称得上是她的家乡的痕迹。

"我也不知道。"陆晓诚实地回答了她的内心感受。

"怎么会不知道呢，比如我生在英国、长在英国，这里就是我的家乡啊。"陆橙这次没有察觉到陆晓的无奈。

"嗯……是这么说没错，但是你知道我从出生、到长大、到现在，一直在不同的城市。我对每个城市都有情感，但我不知道我属于哪里。或者说那个最有感情的地方，已经没有了属于我的回忆吧。"

"我明白你的意思……"陆橙伸出双臂拥抱着陆晓。给了她一个很甜很甜的微笑。

其实陆晓不是不知道自己的家乡在哪，只是"叁水镇"三个字说出口，心会觉得心痛。所有的面目全非都使她疼痛。她是一个依赖熟悉感和曾经的人。

风吹拂过六月的校园草坪，青春的气息在飘扬着。哪怕在常年阴天的英国，青春的阳气还是盖过了那该死的阴雨天的沉闷。陆晓的手机响了，她打开手机，看到妈妈发来了的视频：外婆在医院里躺在病床上，插着呼吸机的管子，在艰难地呼吸着。这让陆晓本来高扬了一点的心情一下跌进了谷底。

开心是一瞬间的事情，甚至根本改变不了被现实笼罩的阴霾。

贰拾伍
来自外面世界的短信

在陆橙结束了考试的三天之后，陆晓也终于结束了考试。回到家中，在陌生的房间，她能清晰地听到隔壁邻居抽水马桶的声音。房间里那个几十年没有修缮过的暖气，嗡嗡嗡地响个不停。陆晓一打开房门，被这些声音围绕着了。她累到不行，不是眼睛的累，而是整个身体好像被抽走了骨架，没有办法支撑她站立的感觉。

放下手机，陆晓躺在还没有被掀开的被子上睡着了。在梦里，她从叁水镇的梅雨季夜醒来，睁开眼睛，目光所及，全是这四五平米的蚊帐空间，逼仄又窄小。电风扇摇曳在头顶上方的蚊帐里，咔吱咔吱地响。窗外的雨声滴滴答答地没停，滴在屋檐的边栏。

鼻子里充满着潮湿的味道，可陆晓总怀疑是外婆藏着的烟罐头储存太久，散发出的霉味。还有寿命只能烧到午夜的蚊香圈的冲香。在南方，回南天前后的日子几乎充斥着各种融合在一起的味道，就好像老染坊，加上腌制品作坊同时开在一个体感温度为三十度的地方。

陆晓感觉到手里攥着的外婆起毛球的袖口，延伸着外婆的体温，她又再次放心地入睡。这是陆晓对叁水镇老夏天的感官记忆。沿着夏天的痕迹，天气就开始转凉，肌肤可感的凉快。

陆晓从梦境里，恍恍惚惚地醒来。从梦中惊醒回到现实的她，在辨别现实和梦境的时候慢慢陷入柔软。她不确定和怀疑那个脑海里的老夏天是否真的存在过，还是储存在记忆里的一个幻觉。她在半梦半醒状态里，需要寻找一个支点，一个可以支撑她记忆正确的支点。做梦的时间都很短，短到你真的在怀疑刚刚存在在哪个时空。

她慢慢地睁开眼睛。用双肘无力地撑了一下，半坐在床上。环顾四周，还是那个陌生的房间。即使在这里住了两年，也没有觉得属于自己的感觉，让她觉得梦里比较没那么荒唐。床正对面的书桌上，摆着铁杯。有几盘磁带散落着。脚边有着纸屑，橘子皮。好像墙上是不是有外婆的影子闪现。不知道是在梦里的真实，还是现实的虚幻。

陆晓已经完全清醒，坐在床边上，但是没有要下床的意思。她坐着，发呆。手机屏幕亮起，一次，显示着两条短信。有一条是她睡着的时候，也和她一样睡在她的手机屏幕上了。

第一条：晓，我这两天在伦敦，参加一个剧团面试，我现在在回利明顿小镇的火车上，但是我的火车延误了。我感到非常抱歉。我希望我能够在你演出开始前到达。陆橙。

第二条：我的新书要出版了。陆梧。

陆晓又接着坐了一会，下了床，走到桌子边上。看了看未收拾完的行李。拿起铁杯，喝水。目光扫到摊开在桌面上的，写了一半的故事。这时，手机屏幕又亮起了一次，第三条短信发了进来。

第三条：你上次订的书到店里了，有空来拿。陆柿。

陆晓放下铁杯，拿起手机，翻阅着三条短信的内容。看着她的神情，随着眼珠地滚动变化着。眨眼的瞬间，咽下了嘴里含着的那口水。她似乎早预料到了一些短信里的内容，小叹了口气，环顾了一下四周。

地板上散落的行李，未叠完的衣服，七零八落。洗衣机的翻搅声，午夜的安静常常是被这种凌晨醒着的人给衬托出来的。无论是隔壁打游戏的室友，还是赶着写论文的室友，甚至是狂欢了上半夜，在宿舍宿醉下半夜的室友，回到午夜的空间里，都是一场欢喜，一场空。

陆晓挪了几步，有打算继续叠衣服，收拾行李，毕竟这是不小心睡着前在做的事情。她边挪着，边哼起了《外面的世界》。陆晓只听莫文蔚版本的。齐秦版的有一种荒凉，好像每个人，不仅是男人都应该像一匹孤独的狼。这不合理。于是，陆晓打小也就只听莫文蔚的版本。入微的情感体验才是听歌的意义。

在很久很久以前
你拥有我我拥有你
在很久很久以前
你离开我去远空翱翔

她叠完了一半的衣服，折好了拉杆箱子里的边沿，以防拉起箱子拉链的时候又扯到了周围的网布或衣服角。她很自然地跟着旋律把另外一半的行李箱调转过来，放下，开始叠另一摞散落在地上的衣服。有几个分装打包用的塑料袋，她觉得用不上就先晾在一旁，浴巾、毛巾、电动牙刷。

外面的世界很精彩
外面的世界很无奈
当你觉得外面的世界很精彩

我会在这里衷心地祝福你

　　外婆的影子好像又出现了。陆晓时常的担心形成了幻觉，总在午夜这种惊醒中感受到外婆的存在。隔着一万多公里也觉得真实。害怕就害怕在，外婆可能也能感受到陆晓的影子。这样她不就会经常惊醒，也时常难眠。

　　每当夕阳西沉的时候
　　我总是在这里盼望你
　　天空中虽然飘着雨

　　哼到这里，窗外一声雷响，不是很明显。陆晓拿起了一件衣服，攥在手里，稍稍握紧。本来幅度不大的动作缓慢下来。她慢慢地朝着窗台边上走去，在靠近书桌前端的时候，哼着的歌断断续续地断开了。淅淅沥沥地雨声响起，拍打在窗户上，雨滴落在玻璃窗上的声音，很好听。
　　这和陆晓记忆中的南方雨不同，南方的雨是瓢泼大雨，却是清晰的，无论下多大，每一滴雨都来路分明。听得见的雨声可以成为背景音乐里的伴奏音，但是利明顿小镇的雨未必。它们都太捉摸不定了，一切都很模糊，就和这里的生活一样，每个人呢，好像都知道自己在做什么，但是都不明白为什么要这么做。迷惘着，迷惘着，习以为常地迷惘着。

　　我依然等待你的归期

　　外婆的影子还是在墙与墙交界的地方若隐若现着。

我依然等待你的归期

在利明顿小镇，只有雷声很大的时候，才能清晰地听见。陆晓愈来愈靠近窗户的时候，她手里的毛衣渐渐失去了温度，窗外雷声响起，在冬天的夜空里声声不息。只有足够安静，安静到听不见任何生命的声音时，一些沉默已经的迹象才会出现，好像预示着些什么。

贰拾陆
人生如梦

　　普通中等教育证书考试结束的这天，陆晓如期地出现在了她要戏剧汇报考核的舞台上。其他人都是亲友出席，而已经习惯了没有亲友出席任何活动的陆晓，在等待陆橙的出现。

　　演出那天利明顿小镇上下着小雨，淅淅沥沥。即便是演出开始，她也没从对天气本能的厌恶感中脱离出来。她坐在舞台中央的桌子上，跟观众讲话。

　　陆橙从火车站赶到剧场，背着背包，一手拿着一把湿漉漉的雨伞。另一只手拿着一本《人生如梦》的剧本。

　　这时，陆晓正在缓缓亮起的舞台灯光中间，说着台词，在观众席的黑暗之外，陆橙试图找到一个位置坐下。

　　"喔，我还记得小时候外婆跟我讲过一个老虎外婆的故事。一只小鹿和自己的外婆住在一个鹿村里，鹿哥哥和鹿姐姐因为跑的太快了，小鹿经常跟不上他们的速度，所以小鹿经常一个人玩。在河边听 mp3。有一天，小鹿听说村子里来了一只老虎，专门变成别人的外婆。小鹿很害怕。在这个时候，她隔壁村的小伙伴小熊告诉他了一个辨别外婆真假的方法：如果外婆是老虎变来的，那么嘴巴左下角就有一颗痣。这个就是老虎外婆了。至于故事的后半段，小鹿到底有没有找出答案，我尝试记了好多次，却怎么也记不起来，仿佛也得了阿尔茨海默病似的。于是这变成了唯一一个和外婆有关的一半的故事。

喔，后来啊，我来了英国，我住在一个寄宿家庭里。寄宿家庭里的一家人都很好，他们也对我很好。但，我就像是多余的那一个人。特别是当他们在一起家庭聚餐的时候。时间久了我就再也不会骗自己，我真的能融入了。到后来，更多的时候，我就是躲在房间里，因为我害怕打扰到他们的欢乐。学期内总是有大大小小的家校联谊会，我大概是全校最讨厌这种时候的人了。

每当这种时候，我就这么坐在班里的最后一排，看着其他同学和他们家里人和他们的庆祝时刻。总是想找个地方躲起来，或者隐身起来，让他们看不见我。又或者也只有我一个人在意吧。躲在角落里，本身也不会有人注意的呀。”

那一刻，陆晓能感觉到所有来宾的脸上都闪烁着尴尬的微笑。陆晓坐在舞台上，一把椅子，一个影子，一盏灯光，昏昏暗暗地照在她身上。全场慢慢暗下去。

陆晓不知道自己的演出算不算成功，因为这也不取决于掌声。哪怕所有人都给她送来了掌声，她也不觉得那是真实的。她大概只是想完成这场演出而已，和反馈没什么关系。

陆橙上台为她献花，花束里是满天星和黄玫瑰。

“宝贝儿……火车延误了……下一班火车是连夜的，连夜的火车是白天火车时间的好几倍……”

“没事的。这不是赶上了吗？”陆晓安慰橙的同时也在安慰自己。

陆晓连说了三次没事的，不知道是无意识还是有意识，无意识是成为了一种惯性，有意识是她早就知道自己要这么说，无论橙说什么，她都要这么说。

她们从剧场离开，要到火车站台对面去。中间要经过一段怎么也走不完的桥。她不知道火车能不能准时到达，但她也习惯了等待。他们坐在站台的长椅上，手里握着一杯还没冷却的咖啡。轨道上的火车进进出出，乘客在对面的站台下了车，火车又呼啸开过。风吹起了衣角、发梢和一点点模糊的未来。

"坐吧，快把东西放下。"陆晓看到橙手上黄色封面的剧本。

"怎么样啊面试。"陆晓问陆橙。

橙看了看手里《人生如梦》的剧本，顺势坐下，给陆晓看手上的剧本"哦对，很不错呀。除了面试时间特别早之外，其他都挺顺利的。我很享受。"

陆晓翻看着橙递给她的剧本，"那就好，我很为你开心。看到你在做自己喜欢的事情。"

橙从包里拿出一条巧克力，掰开一半给陆晓："你看我带给你什么？"

陆晓惊喜地说道："你怎么会有这个巧克力？！"

"哈哈哈，知道你喜欢，在出发前特地买的。你快吃吧。"橙耸了耸她的肩膀说道。

陆晓将那一半的巧克力塞进自己的嘴巴，尝了尝味道，这酥酥的甜味很快就散开了。她想了想当时喜欢这个牌子的巧克力，大概就是因为喜欢这种简单的甜吧。说是简单，往往最难得到。

"橙，你记得吗，我在来英国的第一年，就开始住在寄宿家庭里。"

"我记得呀，那时候我们总是一起回家，一起上学呢。而且那条回家的路，总是会先经过我的家。"

"对，总是会经过你家"，说到这里陆晓停顿了一下，又接着，"其实你知道吗，我每次看你回家，你妈妈在门口接你回去，我都觉得非常羡慕。"又停顿了一下，支支吾吾，她还是害怕将这内心话表露出来，"或者说等你回家之后的那段路，一个人走回寄宿家庭就变得很漫长。好像一切都被拉长了一样。"

橙听到第一个停顿的时候，嘴里嚼着巧克力的牙齿已经停止了咀嚼。她轻轻地看着陆晓，就这么看着，送来一种关切和安慰。她虽然还没有听完整陆晓想要说些什么，但这么多年的默契告诉她，陆晓想说的事情不是很容易说出口的。她也在珍惜这个敞开心扉的时刻。

"其实我知道的，晓。所以有好几次，我总是说想去你家吃巧克力，借着理由陪着你走一段路，或者只是想多陪陪你。其实我每次也没觉得你的巧克力有多好吃。"当橙开口回应的时候，嘴里的巧克力已经含化了，黏黏地停留在齿间。好像粘住了她要开口说的话。

两人相视一笑。互相都明白对方说的话。

"就像这次这样吧，你可能也没觉得我的演出有多好看，不也还是来了吗？"陆晓调侃道。

"你想什么呢，演出和巧克力完全不一样。更何况你的演出真的很精彩啊，我从专业的角度赞赏你。送花也是真心的"橙眼里闪着星星说道。

"怎么不一样了？两个都是入口即化、转瞬即逝的东西。真假难辨。"陆晓因为很坚持自己的观点，所以也很坚定地反问道。

"因为它不是一个陪伴彼此的借口呀。"橙下了一个定义之后，睁大眼睛看看坐在左侧的陆晓，她的眼神告诉橙，她没有懂。

"唉，其实我吧，每次从这个排练室到那个排练室，我也不知道要去哪里，可只要回到剧场里，我就像是有了根。从向下生长的根中获取向上生长的能量。"橙说到这个树根的理论，就双脚落在地上，站了起来。她朝着火车轨道的方向走了两步，她的坚定看起来有点危险。但这种以身试险的态度是吸引陆晓的。她总知道自己要什么，而陆晓则是犹豫的、摇摆的那个。

她不知道自己的选择是不是正确，她也害怕对不起一些对她有期望的人。大概是还不够笃定吧，所以才会导致今天这样快要失去了奔跑的方向。于是，听着听着，开始失落。

"真好。"停顿了一下，"我现在都还不知道哪个地方才是真正属于我的。到哪里都有异乡感。"陆晓两手钻出了汗，紧紧捏着的手指尖上有刚刚留下来的巧克力渣。好像也已经被手汗热化了，黏黏糊糊地，不是很舒服。

"别说你了，我有时候回家都没有在家的感觉呢。"橙马上接上她的话，这个空隙的衔接好像是不需要思考一样。陆晓心想"不应该吧，她家多好多温馨啊。"就在这时，橙拍拍她的肩膀说道"我知道你在想什么，其实不是啦，我爸妈对我都很好，弟弟虽然调皮吧，但其实也还是很粘我的。就是吧，有时候我的一些感受不能够直接跟他们说。我和高中时候不一样啦，现在有些烦恼，也不会跟他们说。有时候说了反倒麻烦，他们会担心。为了减少这种担心，我就干脆不说。但后来发现，效果也不是那么好，他们迟早会发现。所以我现在也在寻找一个方式吧，怎么去平衡和家里人的关系，又能在自己的梦想道路上继续奔跑，这是个学问。我暂时还没有学会。"橙头一次很认真、很认真地解释道。

"哈哈哈，第一次发现你还有这么多烦恼呢。"陆晓调侃道。

其实她们彼此发现这些年，或多或少都有成长，细微的思考角度上的转变是最明显的。陆晓也学会了如何在对话中缓和气氛，不再像初次见面时那样胆怯或被动。学会主动提及，或调整气氛。

"一直都有啦，只是看这个烦恼有多大的荣幸，能在我的脑子里存在多久，好吧。"橙有些小傲娇地回答，也有些不好意思。

"好啦，不开你玩笑。我就是觉得吧，我对很多地方缺乏归属感，还是因为有些人不在吧，如果有些人在，大概也不会改变了，对吗？就像现在这个火车站一样，很多年之后，我可能不会记得这个火车站的样子，但和你在一起的这段时间是在火车站发生的，我就会记得这种感觉和这个瞬间，他们都属于这个站台。"

"嗯——不过也有可能，当我们以为假的是真的时候，或许真的才是假的。"橙望了望放在座位上的《人生如梦》剧本，示意陆晓这个浅显又深奥的道理。

"呜呜呜——"就在这时，火车进站的鸣声响起，站台的提示音也在广播。陆晓的火车进站了。迟了好久。

"好啦，看来我的火车终于到了，我要走啦。"陆晓遗憾地看了看火车来的方向。有时候你期盼离开的时候，火车不来；有时候你想多留一阵子的时候，火车偏偏在这个时候进站。车站或者机场是将别离的地方，也是考验人面对人生无常的地方。

两人相拥再见，说着"照顾好自己"这样的话。虽然很客套，但也是真心的。橙摸着陆晓的后脑勺，和她的绿毛衣，觉得很暖和。她准备好了那句早就该跟她说的话，刚刚一直没有机会说出口，她在彼此拥抱的空隙，终于找到了一个切口。

"我注意到了。"

火车即将要驶离站台的声音响起，剩下橙一个人站在原地，火车离开车站后的站台，空空荡荡地，显得格外安静。旁边有两个电台的信号塔，黑色的鸟儿停在上面，一只、两只、三只，有两只飞来了又走。只有一只鸟儿，不只是因为懒还是因为喜爱火车站的全景，久久地停留在那里，好像和一切安静对话。站台对岸都看不到头，旅客很少，除了报站声和火车进站声，没有什么喧哗。离别变得凄凉，拥抱更是了。

鹿过

贰拾柒
医院走廊里外

回到鹿城，陆晓第一时间赶到了医院。与其说去机场的路线更加熟悉，不如说是机场到医院的这条路线更加熟悉。在这样一座孤独又庞大的城市，一条主干道上能开出多少种故事，没有人能知道，但陆晓在车上看着他们故作镇定的脸，就觉得一切没有那么简单。

到了医院，舅舅和妈妈脸上无光却强颜欢笑的样子让她觉得恶心。不再害怕真实的医院消毒水的味道，也不再逃避进入医院时，那种炽白色的光，不再是透过三层的透明玻璃，照到医院大厅的地板上，反射在脸上的都好像是手术台上的冷酷与无情。没有人情温度的东西，一度让陆晓觉得荒唐，但她不知道人间什么事其实都是这样的，没有不荒唐的事。

她路过所有的、大大小小的让她觉得不舒服的因素，跟跟跄跄地走近外婆的病房，听见呼吸机的声音，"呵——呼——呵——呼"，陆晓一时半会不知道要怎么面对这种明明是一个活着的人，给世界的印象只剩下这几声呼吸声，甚至这种呼吸的声音还不完全是她自己发出来的，而是呼吸机辅助她完成的事实。陆晓盯着外婆的脸，她想数清楚，岁月在一个女人脸上能写多少褶子，又能帮她卸下多少防备。

但这个呼吸机的声音干扰着她的判断，她没有办法理性地看待出现在眼前的一切，她只能被现实左右。她伸手轻轻握着那个没有力气回握她的手，松软地在陆晓的掌心里睡着。

陆晓想问外婆："你在做梦吗，梦里有我吗？"陆晓记得她读过的心理学书里，有写到，梦是现实的折射。她握着外婆手的这一刻，好像似曾相识，在哪里曾经梦到过。但她记不得了，她多希望外婆能够清醒过来，并且告诉她，她也梦到过，她们在梦里真实地相遇过。"外婆你能告诉我吗？"这句话在心里问了几百遍。但得到的都是无声的回答。

这不是陆晓的最后一个问题，绝对不是。但妈妈在身后轻轻拍打陆晓的肩膀，让她被迫停止了思考里的提问，她好像马上就能在下一个问题里，听到外婆的回应了，但遗憾地被干扰。

妈妈让陆晓先回家，外婆现在情况稳定，不需要这么多人在这里看着。何况陆晓刚回到鹿城，需要一点时间缓缓。其实陆晓妈妈不知道，陆晓已经对时差免疫了。更何况现在是最亲近的外婆躺在医院。她没有休息的资格。

她感觉到无力，又苍白。她和外婆就好像是这个现实世界的逃兵。但至少外婆比她勇敢，又或者幸运些，她能在自己的梦里随意徜徉，没有人逼迫她醒来。而陆晓不行。

陆晓并不知道外婆什么时候会醒来，但这个瞬间让她想到在利明顿小镇时，做了梦的深夜里，有花莲姑将木瓜切开一半，分给梁姨一块。两人坐在椅子上，花莲姑翘起一只脚在木凳子上。她们身后是被晾着的外婆，无人看管的外婆。

陆晓每梦到这些画面，都是一身冷汗醒来。墙上外婆的影子好像再次出现。这种幻觉总是若隐若现，随着外婆的年纪渐长，就越明显。可能是内心对至亲的外婆去世的恐惧，多过了理性判断，她盯着墙上那个影子，像极了在打瞌睡的外婆，垂垂老矣的头在点着水，拉长着时光。

医院的走廊就好像一条通往天堂或地狱的火车站台。她和医院里的人到底有什么不一样，所有的事情在她身上无情地碾过。就在这一刻，她不觉得自己和外婆有什么区别。

贰拾捌
又见"什么时候有空"天台

陆晓离开医院，又路过那些她不喜欢的细节。她尝试着屏蔽掉它们。快到家的陆晓，路过"什么时候有空"天台，行李也没来得及放下的她犹豫着要不要上去看看。

是不是都被青苔布满了，是不是还有他们之前留下来的酒瓶，是不是没有人发现这里被冷落过的这些天，是不是桥有可能、有可能在那……短短几秒钟，好多问题，飞驰而过。

陆晓往往来不及整理，它们已经远去，看不到影子。就好从来没有被提起过，沉默的思考从来不留下任何痕迹。

她犹豫着，还是没有战胜行动上的怯懦。她回家了，拖着和她一样疲惫的行李。到家之后，她拉开了窗帘，她试图寻找天台的方向，才发现原来对面建起了新的楼盘，根本挡住了她能看到天台一角的视线，暗暗的光线，勉强能支撑她相信这是下午而不是晚上。

一阵眩晕，索性拉上窗帘，躺进被窝里，尝试着能不能在下一个午后的梦里偶遇到外婆的踪迹，把刚刚在医院没有问完的问题重新问完。

哦对，陆晓闭上眼睛那一刻就想，刚刚窗帘和光和灰尘交织的那一个瞬间，她能感知到这个房间不像平时没有打扫的样子，但也绝对不是近期打扫的。扬起的灰尘不大，细细碎碎地，好像在光里舞蹈。

陆晓有像扫描仪一样的观察力，让她对身边的一切都不抱希望，她往往能通过尘埃判断人的情绪，这就像是一种与生俱来的特异功能，随着年龄的增长什么都丢了，包括外婆告诉她的老虎外婆的故事的后一半，但这个特异功能却死死地跟在她背后，不离不弃。

那天傍晚，陆梧坐在只有陆晓和他彼此才知道的"什么时候有空"天台上，身边放着几瓶啤酒，看着城市的繁华，一盏盏灯亮起来又熄灭。此时的陆梧，新书已经出版。仍然是一个手里有着三本滞销书的作家。

天台下的城市夜色，被喇叭声、人声、川流声给覆盖着。人们在这里下班、吃宵夜、搭巴士，换乘，祈祷第二天晚一点来。城市的人总希望夜晚漫长些，被拉长的无力却又像一个无止尽的黑洞，吸收着人们的欲望、迷惘、孤独与害怕。

陆晓在黄昏左右醒来，刚刚睡下前没有拉好的窗帘缝里透进来黄昏的光线。很微弱。陆晓盯着这一丝微弱，慢慢地化为乌有，天色暗下来，她醒来后，还是不争气地在第一时间想到天台。她知道如果不亲自去看一看那个地方，这个心结是不会解开的。

陆晓沿着那栋楼狭窄的楼梯道一节一节地走上去。她低着头，看着脚下踩过的每一个台阶。因为楼道阴暗，生怕一脚踩空了，跌倒。再者，陆晓也内心忐忑，她不知道梧会不会在天台上。其实梧早已在陆晓回到鹿城之前，就知道这个消息。

陆晓不知道梧虽然不常和她短信联系，但是常有注意她的网上动态。在回来之前，陆晓在个人网站 instagram 上面，上传了一张起飞时的图片。桤有默默地看到这条推送。其实他在等陆晓什么时候会直接告诉他，但没有收到消息。在上次比较激烈的争吵后，他们俩之间的关系变得很微妙。

陆晓在天台楼梯的转角处看到了靠在栏杆边上抽烟的桤，她深吸了一口气，不敢叹出去。天台很安静，周围的环境声在吵杂也变得清晰。陆晓的每一步都好像踩在露水上，因为昨天鹿城刚下过雨，天台的积水总要比较久才能散去。

她小心翼翼地踏着浑浊的积水，可有些泥渍还是挂在了陆晓布鞋的表面上。出门前刚擦得锃光瓦亮的白鞋头也沾有泥水。

"嗨，大作家。"她假装若无其事地镇定，歪着头，拍了拍桤的后背。探出头，观察着他的反应。

桤侧脸转过来，看了看陆晓。这是他在天台上等陆晓的第三天。他表情上浮现出一种轻蔑。轻蔑中带着一种未知和已知掺杂在一起的胸有成竹。

桤像是一个还没有完全成熟的成年人，按理说他应该扮演一个成熟稳定的大人了。或者说，他大多时候表现得令人可依靠、放心，但是在情绪管理上，他不见得拥有一名成年人的稳定。比如之前他的两本书，因为和出版商意见不合，好几次合作都谈崩了。

作家当中没有个性的几乎没有，但像他这样从来不妥协的也是占少数。对，他很倔，出奇地倔。但陆晓的性格未必有桤的好，表面温和，但内里却也似钢筋般不可弯折。以至于之前他们两个之间的争吵也是因为彼此的倔。这次再见面，也说不上是谁向谁低下的头，或许是两人向时间低下了头。

桤虽然有比较明显的表情变化，但是他的演技很好。善于掩盖自己的不快与不安，在需要的人面前。"哎呦，大忙人，你终于有空啦！"桤明显是掩盖了很多想说的话，在当下看着陆晓的眼睛只忍心先开个小玩笑。他怎么忍心直接戳穿她的谎言和掩饰。他知道陆晓在掩盖自己在上次那个争吵之后再也没有联系他的内疚，甚至中间回来鹿城也没有告诉过他，包括这次。

陆晓现在的脑海里一定浮现着在英国登机前，对着登机口的玻璃窗向外拍的那张飞机照片，肯定也怪自己没有屏蔽梧或者干脆不要发。

她喏喏地开了口，想伸手抓身前生了锈的栏杆："我一直挺有空的啊……"发现铁栏杆上的锈渍拯救了她，因为一手的锈渍使得她不得不和自己的双手互动，左拍拍，右拍拍，反正任何避免眼神交流的动作越多越好。

她余光瞟到身后梧坐的墙墩上有一小块空位，于是边拍落手中的锈渍，边挪动好像被胶水粘在地面上的帆布鞋。"诶，你的新书怎么样了？"说这句话，主要是为了转移话题，或许也不全是，陆晓从来没有停止观察过梧的生活。她再用余光瞟了瞟，主要是确保那一小块空位，不能太窄，挨着梧坐，也让她暂时接受不了。

"过几天新书要签售了，我做了一些新的尝试，但不知道结果怎么样。"梧自然是明白陆晓在想什么，很多微表情在梧看来是被放大了的。陆晓也不全知道，原来自己的生命轨迹、一举一动在梧眼里是被拿着放大镜投放出来的。

他观察明白了眼前的举动后，向后探了探身子。双手支撑着墙墩，差一点点就要碰到自己弹在右侧的烟灰。已经抽完第七根了，那是第一根的烟灰和烟头，不烫了。不会烫着手。他还是叹了口气。他有意识地散发一些沉重的内心气氛，他更有意识地安排着这场多年之后的夜晚天台偶遇。

他新烫了一个很多人，想模仿也模仿不来的海藻头，奇怪的是，他的脑门很高，所以坠下来的卷刘海也没有遮住他的眼睛。尽管他的眼睛不大，但也能清楚看到他在想什么，或者说，也只有陆晓能够洞察到这一切。梧的小眼睛散发着单眼皮的魅力。这也是陆晓初中时，在图书馆遇到梧时的第一印象。

"难是真难。"还没有等陆晓回话，梧又接着说道。他估计也是憋了很多的话想要表达，话到嘴边又咽下，最后只说了这四个字。

陆晓也知道梧想要说什么，即使再逃避，那些没有说的话，也不会因为时间沉淀就忘记。人总是自以为自己的心能把秘密藏的很好，但一旦到要面对的时刻，就不得不真实地看见内心的脆弱和被洞穿了的自以为的无懈可击。其实他们彼此都知道，但是彼此都逃避。

"这城市，光怪陆离的。对吧？"这是陆晓选择的逃避方式。她闪烁其词地顾左右而言他。面对着光怪陆离的城市灯光，闪闪烁烁的其实是她的心。她知道不直接面对的好处，但她没有猜全坏处。双手将自己往坐台前撑了一下，上半身往前倾，看了看不被障碍物挡着的几家灯火，心里却想着下一个句子。

太明显的心理负担，是会被发现的。特别是有心灵感应的人，比如梧此刻也在看着外侧，可是他完全能知道陆晓在意着他的方向。而他哪怕不直视陆晓，也能尽收眼底她的一举一动。陆晓斜着眼看了看梧，没有转头。

看他也没有要接话的意思，陆晓没有办法，深吸了一口气，好像也咽不下去，卡在喉咙那里，第一次发现被吸气也能卡住喉咙，梧就是擅长制造这种冷却的氛围，搞得陆晓不知所措。

不知道他是不是以这个姿态去和出版社谈判的，要是这样，难怪他输得一塌糊涂，陆晓心想。冷却也不是办法，陆晓鼓起勇气，再用双手一撑，转向了梧的那一侧，斜四十五度角面对着他，开始是犹犹豫豫地，后来便鼓足了勇气，一口气说完了自己害怕面对的事情"就是，就是那种，那种，一旦放弃，最后一根线就会彻底断掉……"

"你是害怕覆水难收？"桔终于又开口说话了。陆晓就知道，就知道桔在玩这种心理把戏，然而每次都能把陆晓治的服服帖帖的。这也是陆晓不愿意面对桔的原因。在桔面前陆晓好像永远是刚遇见时的样子，无论做好多少心理防备，总会原形毕露。就像此时此刻，陆晓在每一级台阶上的做的心理准备，在这一刻都失去了效果。

　　听到桔最刺耳的质疑，让陆晓觉得前功尽弃。她自己也没有意识到，自己的身子已经慢慢地转向了正前方，不再面对着桔。两眼直勾勾地看着前面，聚不了焦，只能是喏喏地回应桔，大概是因为她的回答对桔来说也不重要，他该知道的也都知道："唔……大概是这样的感觉。"

　　"你有尝试过被黑色笼罩的感觉吗？"桔看她的神色不再自若，便稍有收敛，他尝试着打开话匣子，不让陆晓在这个时刻难堪。他总知道在哪个时刻让她难堪是最能领悟的时刻。桔还是有这个本领，他仿佛那个操偶人，陆晓就是他的一个提线木偶罢了。他沉着地问着。

　　"黑色？不是灰色？"陆晓也被调动了起来，她打心底里觉得自己没出息，但是这是自己在乎的桔，她愿意在他面前没出息。她继续加入回这个被动的讨论中。

　　"黑色。"桔当然知道为什么陆晓会说灰色。但他不要承认，因为他不想知道，他只想把人生看作是非黑即白的旅程。要么选择黑色，要么选择白色，没有灰色地带。但对于陆晓来说，其实黑和白并不明确，也许明显，但她的经历不足够丰富到，支撑她相信黑就是黑，白就是白。这只是简单的质疑，不足以构成推翻桔的理由。

　　"我不知道……你先说说看，是什么感觉。"其实在说前四个字的时候陆晓已经隐隐有了那种感觉，这就是她自己一个人在英国的时候，在房间里的感觉。没有人看到，买了一串暖黄色的，可以挂在圣诞树上的小灯，挂在墙上。万籁俱寂，走廊上的外国室友都要去参加派对，而陆晓，只身一人躺进那个凌乱的被窝里，一蹶不振。她也终于知道什么是"一蹶不振"。这种感觉，大概是梧口中所谓的"被黑色笼罩"。

但人说话其实很奇怪，明明在背后已经想好了一千句一万句的阐释，但往往到了嘴边却只有那几个字。好多的准备工作都藏在了心里，形成了丰富的心理活动。可笑的是，没有人愿意花时间到达那里去一探究竟。

"'被黑色笼罩'就是一种一旦放弃之后，那是一种很深邃的坠落感和漩涡的吸附力。让人彻底失去了重压下触底反弹的能力，这种无助的害怕就像零下五十度的冰川水，一泻而下——"梧开始全身投入的描述着那种微乎其微的感觉，好像轻轻一动就会打破这种神秘。这个黑色的笼罩层也很脆弱，如果幅度太大，可能就会破裂。

梧已经极力地将陆晓拉到了那个悬崖边缘，他当然希望这个时刻能够保持得久一点，等待着这个好像快要坠落的感觉，和她一起。他开始似泄洪一般，滔滔不绝着，他控制不住，或者说他是理智地控制不住。

这种刻意导致陆晓本能觉得抗拒，她不再想要这种被梧心理控制着的一切，不再想要被懵懂对待的感觉。与其被人揉成一团再撕碎的感觉，倒不如自己撕下尊严。

"对！让我很想逃离。"她朝着梧的方向喊着。确切来说是嘶吼。那一声对，让天台对面人家的灯火也摇晃了。她太明白这种感觉。在英国的这几年，常常是一个人待在房间里，那个待着最长的时间、却也不能被视为家的地方，让她很想逃离。

这种感觉就从喉咙的最深处溢出来。连陆晓也不知道那个地方在哪里，但是她就确信这是身体里的一部分。

"我那时候就是这么躺着的、颤抖着、看着蚊子，蚊子围着蚊帐转了一圈又一圈，嗡嗡作响着。"她在说她独处时的那种"被包围感"。她好像被好多人包围着，他们嗡嗡地说着她听不懂的话，但她能感受到情绪。一种由内向外的恶心感充斥在那个狭窄的空间里。她出不去。

"幸灾乐祸吧。"梧又在陆晓濒临悬崖边上试探着。但他生怕他的肯定带给陆晓更多的压力，所以他的那个"吧"字接的挺紧的，可陆晓好像没有听到他传递的信号，哪怕是很小的一个字。

"不，我替自己悲哀，也替它们悲哀。"陆晓知道自己太敏感了，真的太敏感了。很多事情不能触碰，一旦触碰就是一发不可收拾。而这场对话变得没有终点线，这是一场无止境的马拉松赛。

他们没有要彼此较量的意思，但无形之中形成的黑白对比，让彼此开口的瞬间都成了伤害。"要靠躲避才能不被吸血，或者说才能不被吸干。"陆晓的每一个字都咬的很用力，好像再不说就没有机会说了，她害怕一会梧再给她另一个陷阱，她就会彻底沦陷在这一片早就准备的沼泽里。她知道她和那些造成她困扰的声音一样都在逃避现实，只是每个人选择的逃避方式不同而已。

梧又开了一罐啤酒，他从之前的激动恢复到冷静的状态。他喝了口酒，等陆晓也稍微冷静下来，才开口说话。他对冷却的空气很有自己的把握。"不要试图改变任何人"，他说。

他知道陆晓对很多事情的不满，比如莫名其妙地生在一条没有同龄人的巷子里，结交了一位很好的沐艺姐。可是自己却莫名其妙地要被迫离开，父母莫名其妙地分开，她莫名其妙地来到鹿城，莫名其妙地认识了柿姐，还有坐在她对面的梧，莫名其妙地因为户口原因没有办法继续在鹿城就读、考试，莫名其妙地来到英国，莫名其妙地入住了寄宿家庭。一直在改变，一直在被抛弃。仿佛一夜之间醒来，什么都变了。

她也曾在心里无数次地问过自己，是她单方面地想改变别人么，还是她在被别人改变后，想要改变回去呢？这种挣扎是大家都能理解的吗？如果每个人都有自己的安全区域，那她的为什么从来就没有存在过呢？

　　所以她的主观意愿在决堤的那一刻，大概就是遇到了橙的那一刻。她选择搬出那个寄宿家庭，住进学校安排的学生公寓；选择了自己的专业，甚至选择了自己的朋友。虽然她自己的选择有时想想也是莫名其妙，但这总比每天醒来就被世界通知"这一切"变了要好太多。

　　陆梧很疑惑地问晓"为什么？"

　　"我可能还是对"改变"充满着执念吧，不可以吗？"他们继续着之前争吵过的话题，上次隔着屏幕，这次直接对着梧的眼睛，陆晓似乎在悬崖边上找到了勇气——是人之将死时，都有的那种无畏。

　　陆梧反倒表现得冷静，可能是连喝了几大口啤酒的原因。陆梧因为这种执着的性格失败过，他知道不妥协的滋味是什么，他只是不想再看到陆晓再在这个漩涡里打转了。

　　他只是想把他的来时路，都告诉陆晓，但他不知道有这么难，也不知道他的做法，其实让陆晓觉得自己在逼她做选择。而陆晓最厌恶的就是这件事情。

　　"一千个观众还有一千个哈姆雷特，更何况人们和他们的价值取向。"陆梧要陆晓适应在她身上的改变，不要再去强求那些已经流逝掉的曾经。

　　"但这样就不行——就是不行。我也很难说服我自己。"陆晓其实不知道她的执着也在逼着别人做她认为对的选择。

　　"那你要怎么改变？"陆梧的疑问其实在于他觉得陆晓完全足够幸运，相比他住在自己的家里却感觉自己在家里不被需要，一直到二十多岁，也是哥哥的傀儡。即使她来自单亲家庭。如果他都能够妥协，为什么她会放不下？她并不是走不出去那个围城，反而是被自己作茧自缚了。

"所以你是在新书里妥协了嘛？"陆晓说出这句话前想了一会，很冷静地问陆梧。她也觉得间接对话的方式，解决不了彼此对彼此的猜疑，不如直接说出疑惑。

"为什么不呢？又或者说我从一开始就没有相信过'改变'这一东西，我只是在做我认为对的事情。其实我认为的'自我表达'完成了，剩下的只是寻找一个'自我表达'能够融入的艺术语态吧，一个被承认的艺术语态。其实最后都是未可知的一个过程。"陆梧不认为他之前的执着，是在试图改变别人，而是单纯地和别人想的不一样。而这里面是没有强迫性的。

但他现在选择妥协，只是让自己试图去理解别人的想法，又或者说他有想说的话，只是把他的想法放进了一个别人能够接受的角度里表达出来。

这个也是需要耐心的，毕竟大家都趋之若鹜的事情，本身也是有它存在的理由。陆梧只不过去钻研了这个道理，并且破解了它。就像电影导演拍电影，想拍的题材、表达的观点、拍摄的方向都没有变，只是换一个思路，把拍摄的角度调整到观众的视角。而这个视角的变化，他们叫做"妥协"。陆梧其实心里并不这么认可这个定义，他觉得是"变通"，没什么秘诀，充其量是成长的秘密。

陆晓沉默。很长的沉默。

"也是，谁也不知道最后是不是看似'妥协的艺术'在裹挟着读者去妥协呢？"陆晓在沉默中试图在理解，而且好像更进一步地理解陆梧的意思。

她想起了哲学课上，教授讲过那个观点：当你站在这个圆圈里看这个圆圈够不够圆的时候，这个视角是单一的；你只有跳出这个圆圈，站到圆圈外面，才能更清楚的看到这个圆圈到底有多圆，或者有多不圆。

而站在圆圈的外面意味着"妥协的艺术"，重新看待和调整表达方向。而经过重新调整的艺术，让他人慢慢接受了，他人也会慢慢习惯你的观点，这时候你再慢慢调整，这样他人也在潜移默化地慢慢"妥协"中。

陆晓说完从陆梧手上拿过那瓶快见底的啤酒，往嘴里倒了两口，泡沫顺着嘴角漏了出来。她跳下坐台，走到陆梧身边去拿另外一瓶没开过的啤酒，呲啦一声打开。

里面的泡沫也恨不得赶快溢出来呼吸新鲜空气。她用嘴巴吸走表面上多余的泡沫，任由残余的啤酒沿着手指往下流淌。

"来，我下周又要回英国了，我们都要——'但行好事，莫问前程'。"她很不犹豫，伸出握着啤酒瓶的手很坚决。

"什么时候变成了回英国？"陆梧先是接过陆晓手中的啤酒瓶，接到手中的时候听到陆晓说"回英国"这三个字的时候，皱起了眉头，表情不太对劲。

他不解的神情背后隐藏着些许愤怒。可能在怪陆晓这么短的时间就已经忘记了自己的故乡是哪里，或者说就算不确定也太容易动摇了。

"在我想要改变他人没有回应之后，改变自己还不容易吗？"陆晓完全知道陆梧在疑惑和愤怒什么。其实陆梧不懂，"回"是一个简单的动词。但一个人对每个路过的地方，都有感情的时候，"回"就是一部分归属感。就像大多从叁水镇去鹿城打工的那些人一样，过年过节回到叁水镇，短暂地休憩之后，要离开叁水镇，回到鹿城时，他们也会说："我要回鹿城了。"毕竟那里也储存着他们年轻的梦想。

但她从叁水镇到鹿城，从鹿城再到英国，每一次的改变都不是自己的选择。她挣扎过，可他人没有回应。于是她开始向内改变自己。

"很难。"陆梧接着她的尾音说道。

"不难——"陆晓有些许激动。

"可是——"陆梧比她更想把真相告诉她。

"没有可是！……我知道——当人对一些地方有了故乡感之后，就会对所有地方都有异乡感。我不想要再有这种感觉了。"陆晓就在辗转这些城市的时候已经产生了异乡感，成为了异乡人。

而她最想回去的叁水镇上，也没有了外公骑单车的身影，外婆为她准备酱油鸡蛋炒冷饭。外婆存在着像是不存在的样子，每一次想起来都让陆晓宁可觉得这一切就这样消失，她也丧失记忆那该多好。

"所以我说拥有住的梦比外面的世界更难啊。"陆梧曾经在几年前医院碰面那一次就告诉过陆晓，能够有一个安定下来的地方，其实比离开更奢望。这个"拥有住的梦"他也做了很多年，至今也没有结果。

"是啊，我记得那天我还说过，我好想带回去那个家乡看看呢——那里的青瓦与灰砖，爬山虎和榆树——"那是外婆第一次住院，几年间没怎么联系的他们在医院又见上面。

最疼陆晓的外婆也深受阿尔茨海默病的困扰，他们在医院的长廊上聊起那些来鹿城前的家乡日子。陆晓在这个讨论中陷入的是回忆，而陆梧还保持着清醒，大概是他的梦早就醒了吧，只有身在梦中的人才最糊涂。

"对！那里的过去和现在，你都想带我回去看看，是吧？"陆梧继续反问陆晓。他这个人最擅长的就是逼问，他没去做法官或警察真浪费。陆晓几乎没有一次从他口里逃脱出去过，基本上他只要开始用力，陆晓是一点办法没有。只能顺着他给的话题方向继续。

"我……"陆晓想回答"是"，可是这个过去和现在到底都在哪里呢，她又转念一想。什么都变了，什么都没留下的叁水镇、青禾四巷，还剩下什么值得带陆梧去看看。

"但！你要知道，所有的黑与白，因与果都在心里拥抱是很难的一件事情。"陆梧知道陆晓处在一个不知道自己属于哪里的阶段，她最想回去的叁水镇回不去，路过的鹿城和英国也没有归属感，黑和白就在她心里渐渐模糊。

可是陆梧不一样，他在选择妥协或者不妥协之间很清楚，他曾经受过这种精神上的折磨，但他很清楚黑与白是完全区分开的。而陆晓对这一切的留恋让她的视线模糊。陆梧想叫醒她。

其实陆梧不知道，陆晓在英国的时候，学会了喝酒是她人生最快乐的时候。哪怕痛苦的时刻还是会出现的很频繁，可喝酒带来的短暂幻觉已经非常愉悦了。

啤酒的花沫落在纷纷的车流声顶上，浇盖了夜晚的纷扰。人们踩着油门，转换着刹车间，开出人生曲曲折折的轨迹。人们都有一个属于自己的秘密天台，也不知道多久没有上去过，是不是长满了爬山虎或者青苔，还是被人借去晾晒了被单和衣物。就好像心头上的那一块空地，再也没有被真正地清扫过一般。

好几声婴儿的哭啼最清晰，人们的争吵混在麻将声里被淹没，吵的什么已经不被这个世界所关注，只要这片天台还没有布满杂草，就不会有人失聪。其实，哪怕不满杂草，也是如此。月光洒落在肌肤上，夏秋之交的鹿城凉意肆起。月光是冷的，就和人们喝的酒一样。有些酒越喝越热，但偏偏有些酒越喝越凉。看心情和对象，但偏偏这些瓶该热起来的酒，让他们彼此的心都凉进秋的深渊里。

贰拾玖
"阿尔茨海默"书店

　　大暑就要结束的鹿城，陷入了夏天的困境，台风如期而至。陆柿在店里收拾着，左右来去，招待着顾客的同时，也整理摆放着新到的书。很自在。窗外的街面上飘起一些落叶，跟着树叶的变化的是快要入秋的季节。

　　陆柿在咖啡吧台冲着两杯咖啡，一杯卡布奇诺，一杯黑咖啡。一杯送给到店已久的老顾客，他每次来都坐在靠窗口的那个位置，安静地读俄国小说。陆柿知道他喝咖啡的习惯，每次他来了，就会给他准备好。另外一位是新顾客，她先是到咖啡台前表达了她对店内装潢、气氛的喜爱，接着告诉陆柿，她坐在日本文学书架前的那张台。于是带着笑意和温柔走了过去。

　　在这个咖啡馆习惯见到的老面孔还是那几位，隔壁坐着的戴眼镜穿着麻织色高领毛衣的中年女人，斜对面坐着一对儿穿着酒红色卫衣的情侣。他们用一只手握着对方的手取暖，各自用另一只手捧着书。

　　街道外的雨潺潺地下起来，一盏盏灯点亮起来是橙黄色的鹿城时刻在升温。书店的冷气充足，抵不住要深入的秋意。就把呢子外套披在肩上。就像马卡龙绿的墙壁色不够娇艳，就在过道的墙上挂上只有三种颜色的油画。这一刻，永远很近，陆柿不觉得谁会永远记得谁，但她不会忘记这些常客。

她的心相守住这个角落，所以她把每个故事的开头都留在这里。

陆晓抱着一束捧花，踩着已经下过雨的小水坑，朝着书店的方向跑来。她特意挑选了柿姐心爱的满天星和黄玫瑰，送到书店，作为装饰。小跑的路上有雨淋下来，她都用手先护着怀里的花，生怕雨淋坏了花瓣，全然不顾自己的头发。

书店隔壁的老古董店，早早地就开始收拾店铺，准备关门回家，躲避台风。柿不紧不慢地在店里招待着客人，冲着咖啡。陆晓在进店之前就看到了陆柿，一只朝店里挥手。柿忙着给客人讲解新到店的书籍和冲泡咖啡，没来得及顾上店门口的陆晓。

陆晓轻轻地推开书店的门，轻声地说："柿姐，我来啦！"

正在伸手拿架子上的咖啡豆的陆柿，听到风铃的响起，知道有客人进来，下意识地回头。但是也没有快过陆晓对她的这一声问候。

"来啦！"当陆柿转身看到陆晓就站在她身后不远的地方时，宠溺掩盖不住地出现了。

"这个花给你的。柿姐。"陆晓伸手送出呵护细致的花束。

"你还记得我喜欢什么花呢。"陆柿是知道陆晓是个心思细腻的女孩，但她不知道原来将花语都一直记在心上。她看了看花，又看了看陆晓湿漉漉的头发，还有不整齐，露了馅的衣帽。

"好久不见——"陆晓的好久不见拉的很长，你能分明的感觉到她话语里的思念。陆晓伸手去拥抱陆柿。

陆柿接过花束的右手握着花柄，左手温柔着抚摸着陆晓的后背，试图帮她抹干身上的雨渍："三年见一次不算太坏。"

两人扶着上半身，下半身却依旧贴的很近。在一段关系中，肢体语言才是判断亲密的关键。她们互相观察着对方脸上的变化，试图读一些时间的痕迹，不通过对话。陆晓自然是那个先打破沉默的人，用双眼四处环顾着书店的环境。

陆柿看着陆晓转过去的侧脸，也注视了一会，才说："你先看着，我去给你泡杯茶。"柿摸了摸陆晓的头，顺着头发、脸颊，抚摸到下巴的位置，凑近陆晓的脸温柔地说道。"喝什么茶？"小注视了一会之后，轻轻地问。

陆晓环顾着四周的同时，似乎在逃避刚刚柿姐对她的小调侃。陆晓觉得陆柿这是在抱怨，陆晓一年了才来见她。只是柿姐没有在她面前表现出来，可她能感受到那份不好意思。她抓了抓头，不知道要怎么面对柿姐的关心。而陆柿是一个深情的女人，她很懂得通过眼神来读心理状态，这也是她经营的书店相较于其他书店来说，更温柔的地方。

"薄荷吧。"

"薄荷——我就知道。"

两人几乎异口同声地说出了"薄荷"，这是鹿城给陆晓留下的第一个味道。也是第一个依靠。每次喝上薄荷茶，就觉得鹿城的归属感，都凝聚在她的舌尖，从舌尖又蔓延开来。哪怕飞得再远，飞过这片天空，也能闻到清新的气息。

陆柿转身去倒咖啡，陆晓看着这个心念了很久却未能如愿踏入的书店。看着柿姐刚离开留下的半杯红酒，再看看台风来临前的黄昏，好像所有的路过和驻足，在这里都是自由与清新。

"来，晓，喝茶。"陆柿在陆晓背后观察了她对书店的观察，眼神充满宠溺，回过神来，才喊陆晓来喝茶。

陆晓从装饰品架边跑到陆柿跟前："谢谢柿姐！"

"哇好香啊！"她用手捧起茶杯，深吸了一口气，好想一次性把对这座城市的熟悉全部进身体里去。

正准备喝的时候，陆柿提醒她："诶，小心烫。"

"唔……呼呼呼"陆晓为自己的小鲁莽感到不好意思，陆柿反倒觉得无论陆晓离开鹿城多久，在她眼里都还是个小朋友。是第一次帮她拎袋子的样子。

陆晓看着眼前好闻却暂时烫嘴的薄荷茶，有些小无奈。但转念想着刚刚看过的一书一设，感叹陆柿和几年前刚认识时的变化。

"我觉得你现在的状态就特别好。云游回来有了自己的书店，安然自得。"其实陆晓想起了自己在英国的日子，还蛮羡慕陆柿能从这样一个虚无的困境中走出来的。

"这倒也羡慕起来了。能在外面寻找的时间也是好的，要珍惜——"能说出这句安慰时，陆晓知道陆柿已经放下从前的一些纠结了。大概陆展叔叔再站在她面前，或者无意间走进这家书店，她也不会再逃避或恐慌了。

陆柿这几年来，在时间里的打磨和从书店里汲取回来的馈赠，都是成倍的增长。也许别的客人会以为她天生就是这么从容，只有陆晓知道柿姐，走到这一步花了多少的耐心。

忽然一阵风起，身后是台风来临前，风吹动着玻璃窗的声音。

"诶，柿姐，我看台风好像快来了，我们赶紧先把窗户封一下吧。"陆晓性子急地跑到窗户边上去看街道外的情况，看到周围的店家都在封窗，也提醒柿姐。她知道陆柿是慢性子，对很多事情都比较淡然。

"好——，不急。"陆柿拉长着"好"，里面全是宠溺。陆柿当然也是羡慕陆晓更年轻的活力，但她的从容是时间馈赠给她的礼物。

她们配合得默契，一边关封窗，一边像亲姐妹一样分享这未见面的地球两端的生活。风继续吹。

"诶，晓，在英国怎么样啊这三年？"

"还行吧，刚去的时候有点兴奋和期待，慢慢适应了也就挺正常了。"

"学业上面如何呢？还适应吗？"

"我不是很喜欢第一年的学科，第二年就好啦，我转了科。但时间上就有点耽误啦，我比同年级的学生都要大一岁呢。"

"那没关系，只要你找到了你喜欢的事情，晚一点又有什么关系呢？我挺为你开心的。"

"柿姐，你真好，可能也就只有你理解我了。我家里人可能都不支持我了。"

"我但是出去的时候家里人也不支持，他们也不知道我转系，毕业了之后才知道，现在也挺好的。后来他们可能还会怪你没有早说呢。"

"也是。可能是我们离开家的时间久了，和父母关系没有那么亲近了吧，有些事情也觉得不必要说。"

"是不是觉得离家久了，对目的地都没有什么概念了？好像飞到哪里都一样？"

陆晓是思考过程中，会留下痕迹的人。当她陷入了思考，动作自然僵住。陆柿看出了她的犹豫，她主动调整话锋。

"诶，晓，胶纸用完了！"

"——哦，好，我去拿。"陆晓这才从思考中回过神来。

她小跑到放工具箱的桌子边上，调出一卷开了一半的胶纸。准备转身去窗户边上的时候，想好的答案已经从嘴边冒了出来。

"柿姐，你知道的，反倒是如此频繁移动的距离，使得我再也没有了离开和归来的概念。"陆晓觉得自己的人生从一出生，就在不断地迁徙过程中。

"怎么说呢？"

"我觉得吧，这些年飞来飞去的，机场成了我待得最久的地方。甚至去机场的路线和方式，都比回家的路线和方式还要熟悉。"

"我那时候也有这样的感觉，很正常。"

"是吧。所以啊，我到后来，每次坐飞机，就没那么在乎目的地了。"

"好像降落在哪里都一样，是不是？"陆柿再次提出了这个问题。

陆晓又一次沉默。

"其实啊，到最后你会发现，寻找的意义在于所有的离开都是归来。"陆柿接着说。

陆晓看着陆柿和她在灯光下印在地板上的倩影，觉得她身边的一切都离开了，而她回来了。她在这里，每一天起身、开店、洗刷杯具、煮水、冲泡咖啡、摆放新书、浇花、发呆，和生命里的每一分钟和解。这家书店就是陆柿和她前半生的和解。

"所有的离开都是归来？"陆晓虽然羡慕和看懂陆柿的生活，但还是解不开自己生活里的结。

陆柿会心一笑，摸了摸她的头，说："你等着。"

她踩着跟不高的中跟鞋走到离调制咖啡的主台不远的书架边上，俯下身去，取出一本事先藏好的书。抽出来时，书封上写着《异乡人》。哒、哒、哒。中跟鞋踩在地面上发出温柔又清脆的声音，使人迷醉。

"来这是你之前跟我订的书。"她又温柔地牵起陆晓的手。

陆晓接过柿姐递过来的书，上面写着《异乡人》三个字。

陆柿又接着陆晓沉默的空隙说："别忘了，你的森林很广，你是自由的小鹿。"

陆晓知道陆柿对她的瞩望，她抱紧了陆柿，这个很深很深的拥抱来得太迟。她知道陆柿知道她的难处。她曾经也是这么渡过来的。

两个在爱里、恨里挣扎着的人，从女孩到女人，总共要走多少步。这个谁都给不了谁答案。所以陆晓在陆柿耳边轻轻呢喃着："可是做一直不停奔跑地小鹿到底好不好？"

书店外的风声越来越大，呼呼作响，吹起了快入秋的夜。台风来临前，还是有客人带着纸笔、开着手机的飞行模式赶到书店里来，记录下台风肆意狂妄的面貌。街对面的设计店也提前在封窗，随着夜幕降临，出来收拾店铺外围杂物的店家越来越多，街景还莫名地热闹起来。

隔壁的博物馆里开在开着小型的音乐会，博物馆的红砖没有能藏得住音乐的悠扬，顺着墙壁的缝隙传到了迎接风雨交加的夜晚里。

台风天的前奏吹得博物馆的扇窗抖动着，大提琴和小提琴之间的对话，温柔也执拗。本来属于生活的日与夜，不会因为台风将至而有所阻碍，反而更加提醒鹿城的街坊，让生活回归生活。大概只有陆晓最清楚，从哪来，回哪去。在那一刻，她无比想念，也有过无数个台风天的叁水镇。

陆晓走在书店外的街道上，她想起陆柿在她即将要离开英国的时候跟她说的那番话。那是她花了很久，也想不起来的老虎外婆故事的后半段。也许那不是故事的真相，但那是陆晓愿意接受的真相。

外婆是老虎外婆是真的，但老虎外婆不会吃小鹿。她只是看小鹿一个人在河边很可怜，经常被小朋友欺负也很可怜，所以老虎外婆不仅想成为外婆保护她，还能够成为他的朋友。就像陆晓的外婆曾经给予她纯真的生命，和天真的勇气一样。

外婆希望陆晓是一只小鹿，也能成长为一只真正的鹿。真正的鹿身体里有本能，本能力有一股暖流，好像在随时待命的状态。这种感觉就好比鹿的奔跑是本能，不是欲望。所以它无止尽地奔跑，跑过森林，这种奔跑没有尽头。

叁拾
异乡人

陆晓带着柿姐给的《异乡人》走在回家的路上，她带着耳机，好像能看到陆橙在对面的街道上跟她挥手。陆橙好像在说话，但可能是陆晓的耳机声开得太大了，她完全听不到除了音乐以外的任何声音。

这么多年了，她还是一个很念旧的人。一首歌好听了，反复地听。一种口味的蛋糕好吃了，就反复地吃。一家店靠窗的座位坐舒服了，就老是坐在那个位置。

习惯没变，性格没变，什么都没有变化。头发长长短短，人来来去去，旅程新新旧旧，但她好像就没有变化过。

陆晓坐在车站，等待着6路公交车。随手翻看着柿姐给她的《异乡人》，翻着翻着，里面掉出一张卡片。

卡片上写着：要保持浪漫，分享生活中的常情，也分享路上的过客；保持真心，倾听大家空间和时间限制不了的故事；保持健康，延长艺术寿命，共享再次相见时的荣光。

陆晓抬头望了望告别了两年的城市。这还是一个很普通的秋天，只不过是很多个期待下半年快点结束的秋天里，很普通的那一个。就像一片落叶落进大片落叶堆里一样，不被发现。

陆晓看到这些落叶，她觉着自己没有来得及和它们好好告别。虽然也不知道什么是好好地告别。因为陆晓在不断地迁徙当中，只是比较能够接受告别。但并不代表她学会了告别。这也使得陆晓对于家庭没有特别强的眷恋感和期待感，反而是跟某个人的连接是真实的。

车到站了，陆晓上了车。

她坐在窗户边上，看着窗外飘起的秋风。记得第一次启程去英国时，陆梧当时给她发的信息。他说："远方的风比远方更远。"她看完，假装不知道陆梧在说什么，假装不知道那是陆梧最爱的海子的诗《九月》。其实是不想消解那种情绪。她心想：回复了又能怎么样呢，因为就和对着空气打拳，或者站在雨中哭泣是一样的道理呀，什么都是徒劳，不是吗？有些你不想面对的问题和没有答案的回答，其实早在心里有了结果，不是吗？其实一个人能够强大到，自己跟自己对话的，不是吗？

其实和陆橙、陆梧、陆柿的对话，和陆晓与自己的对话没有什么不同。只是有时候需要一个人，两个人，或者三个人，帮她去面对那个自己不想面对的这些问题。

其实这些人，到底存不存在呢？可能从来没有存在过。陆橙，陆梧，陆柿都在陆晓的影子里，或者陆晓活着的样子，也有他们的影子。就这样彼此成就，相互折磨，想要摆脱，难以逃离。这就是陆晓与陆晓的关系，她是她自己的影子。

陆橙是陆晓生命中唯一的损友，和她在一起完全不用想很多。喝酒是快乐的，你也不觉得快乐是短暂的，思考是不存在的。她就这样走进陆晓的生活打破了她的一个玻璃房，她不想看到陆橙有一天也像她和其他人那样活得顾虑。陆晓发现和陆橙喝酒就只是喝酒，而和陆梧喝酒是另外一件事情，它背负着很多不能说出口的秘密才幻化成酒里泡沫，要咽进肚子里去。

陆梧是陆晓来到鹿城第一个认识的异性好友。他间歇性地陪伴着她度过一些艰难决定的时刻。陆晓痛恨过自己的孤僻，也痛恨过自己没有体验快乐的能力。她在陆梧身上也看到，原来快乐是真的要学习的。而这种状态就是他们在黑与白之间清晰地划分的关系。陆梧总是很懂她，能在她的沉默背后读懂她的无奈。也很能给她建议，她知道接下来的路要怎么走。但陆晓始终没有成熟到可以完全接纳那些残酷的选择。

陆柿也跟陆晓讲过一个小鹿的故事，那其实就是外婆那个小鹿故事的后半段。而这个答案在陆柿这里。她也是从英国回来，但是她已经看过了外面的世界，在她这个年纪，她知道什么是黑什么是白，但黑白其实就是一面硬币的两面。而陆梧会认为黑和白是不可兼容的。而柿姐却告诉她，黑白是可以兼容的。

陆晓在公车上回忆起这些年的路，发现与生俱来的疏离感使她觉得自己对童年的认知或回忆是畸形的。可是这个无从考证。她没有办法跟外婆外公当面对峙了。也没有办法亲手拨开母亲身上的那层伤口，再让血流出来。更没有办法询问睡在病床上，存在着却又好像不存在的外婆。

再后来，表哥结婚了，有了自己的家庭。陆橙继续在排练室和剧场里演绎勇敢选择后的人生，陆梧的新书出版了。陆柿满足地经营着她的书店，从容地做着自己喜欢的事情。

陆晓还不知道前路在哪里，其实又有谁知道。陆晓也可能是外婆更年轻时的影子，只不过还在摸索。好像走到哪里都在下着雨，只是陆晓学会了不打伞，也可以在雨中奔跑而已。

车到站了。陆晓戴上耳机，走出街道，那种真空感，好像来到了月球。她踩在一堆不明物质上，好像很不黏稠，却又能沾上一脚的淅淅沥沥。来到夜晚，月光皎洁，没有因为不能赶上前一趟更快回到家的公交车而更难过了。她开始适应这种变化了。她尽全力地体会着这细碎的风带来的变化，轰隆隆的蹂躏，在她脸颊上穿刺而过，风都学会了骤停，一瞬间又只剩下静默。

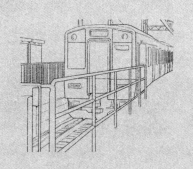